사
냥
꾼
의 수
기

일러두기

• 이 책은 Ivan Sergeyevich Turgenev, 『*A Sportsman's Sketches*』(Project Gutenberg, 2014)와 trans. Henri Mongault, 『*Mémoires d'un chasseur*』(Éditions Bossard, 1929)를 참고했습니다.

진형준 교수의 세계문학컬렉션
39

# 사냥꾼의 수기
## Записки охотника

이반 세르게예비치 투르게네프 지음

살림

**이반 세르게예비치 투르게네프**

러시아 화가 일리야 레핀이 그린 1874년 작품.

**「투르게네프의 사냥 И.С.Тургенев на охоте」**

러시아 화가 N.D. 드미트리-오렌 부르크가 그린 1879년 작품. 투르게네프는 실제 사냥하기를 즐겼다. 사냥개를 기르고, 사냥을 좋아하는 친구들과 사냥 원정을 나가기도 했다. 어느 날 투르게네프는 사냥하고 돌아오는 길에 새끼 참새를 지키기 위해 용맹하게 사냥개에게 달려드는 어미 새의 용기를 봤다. 이에 큰 감동을 받아 「참새」라는 산문시를 쓰기도 했다.

**투르게네프 동상**

상트페테르부르크 마네시 광장에 있다. 투르게네프는 러시아 외에도 유럽에서 인기를 얻고, 유럽 독자들을 매료시킨 최초의 러시아 작가다. 투르게네프가 쓴 『사냥꾼의 수기』는 대놓고 농도제도를 비판하지는 않았으나, 농노를 하나의 인간으로 보고 이들의 인간성에 주목하여, 지주들보다 우수한 존재로 그렸다. 농노제도에 대한 우아하면서도 힘찬 항의라고 볼 수 있다. 사람들의 반응은 열광적이었고, 이에 러시아 당국은 이 책의 출판을 허락한 검열관은 파면시키고, 고골에 대한 추도사를 썼다는 핑계로 투르게네프를 체포하여 그의 영지로 추방했다.

사냥꾼의 수기 차례

# 호리와 칼리니치

　　어쩌다 볼홉스키에서 지즈드린스키로 오게 된 사람이라면 누구나 오룔 지방 사람과 칼루가 지방 사람들이 아예 그 종족부터 너무나 다른 것 같아서 놀라게 될 것이다. 오룔의 농부들은 작은 키에 등이 굽었다. 그들은 우울한 표정에 의심의 눈초리를 하고 있다. 그들은 사시나무로 만든 통나무집에 살면서 오로지 농노로서의 일만 할 뿐 장사 같은 일에는 눈길도 돌리지 않는다. 그들은 되는 대로 아무렇게나 먹으며 짚신을 신고 다닌다.

　반면에 칼루가의 소작농들은 소나무로 지은 널찍한 집에 산다. 그들은 키도 크고 대담하며 밝은 표정으로 사람들을 바라보고 용모도 단정하고 깨끗하다. 그들은 버터와 타르를 팔고 일요일이면 부츠를 신는다.

오룔 마을은 대개 밭으로 일군 들판 한가운데 자리 잡고 있으며, 저수지로 개조한 수로 가까이에 있다. 그곳에서는 버드나무 몇 그루와 빈약한 자작나무 몇 그루 외에는 사방 1킬로미터에서 나무 한 그루 구경할 수 없으며 썩은 짚으로 엮은 지붕을 한 오두막들이 다닥다닥 붙어 있을 뿐이다.

반면에 칼루가 마을은 대부분 숲으로 둘러싸여 있다. 농가도 여유 있게 거리를 두고 있으며 지붕은 판자로 되어 있다. 문단속도 잘 되어 있고 울타리도 튼실해서 지나가는 돼지와 맞닥뜨릴 염려도 없다. 칼루가 마을은 모든 면에서 사냥꾼들이 좋아하기에 알맞았다.

오룔의 숲은 앞으로 5년 후면 모두 사라질 것이 뻔했지만 칼루가 마을에는 습지가 수십 킬로미터에 걸쳐 펼쳐져 있고 숲이 100킬로미터나 뻗어 있어 뇌조와 같은 멋진 새들이 그곳에 서식하고 있다. 그곳에는 사람들에게 친근한 큰 도요새들도 많았고, 자고새가 갑자기 요란한 소리를 내며 날아올라 사냥꾼과 개들을 즐겁게 해주기도 하고 놀라게 해주기도 했다.

나는 사냥을 하려고 지즈드린스키 지역을 방문하면서 폴루티킨 칼루가의 소지주를 만나 그와 사귀게 되었다. 그는 열광적인 사냥꾼이었으며, 따라서 썩 훌륭한 사람이었다. 하지만 그에게도 약점이 없었던 것은 아니다. 예컨대, 그는 마을의 재산 있는 처녀들에게는 모두 구혼했다가 거절당했으며, 낙담한 그는 자기의 친구나 친지들에게 자신의 슬픔을 하소연했다. 그러면서도 그는 여전히 처녀의 부모에게 자기 정원에서 딴 과일들을 선물하며 환심을 사려고 했다.

약간 말더듬이인 그는 자기 집에서 프랑스식 요리법을 즐겼다. 그의 집 요리사의 해석에 의하면 프랑스식 요리의 비법은 모든 요리에서 천연의 맛을 완전히 없애버리는 데 있었다. 그 예술가의 손을 거치면 고기에서는 생선 맛이 났고 생선은 버섯 냄새를 풍겼으며 마카로니에서는 화약 냄새가 났다. 그리고 수프에 들어가는 당근은 모두 마름모꼴이나 사다리꼴로 잘랐다.

이런 사소한 결점만 빼놓는다면 폴루티킨은 앞서 말했듯 아주 괜찮은 사람이었다.

그를 처음으로 만난 날, 그는 나를 자기 집에서 하루 묵어가라고 초대했다.

"내 집까지는 5킬로미터 정도 되는데, 걸어가기에는 좀 머니까, 우선 호리(살쾡이라는 뜻)네 집으로 가시지요."(그의 말 더듬

버릇은 생략할 것이니 독자들의 양해를 바란다)

"호리가 누굽니까?"

"아, 제 영지의 농부입니다. 바로 이 근처에 살고 있지요."

우리는 그곳을 향해 갔다. 숲 한가운데 잘 경작된 터가 있고 그곳에 호리의 집이 홀로 솟아 있었다. 그의 집은 소나무로 지은 몇 개의 건물로 이루어져 있었으며 판자 울타리가 쳐져 있었다. 우리는 본채 안으로 들어갔다. 스무 살가량의 잘생긴 젊은이가 우리를 맞아주었다.

"아, 페자! 호리, 집에 없나?" 폴루티킨이 물었다.

"없어요. 읍내에 나갔습니다." 젊은이가 하얀 이를 드러내고 웃으며 말했다. "마차를 준비할까요?"

"그래, 마차를 좀 준비해줘. 그리고 크바스(러시아 맥주)도 좀 갖다줄래?"

우리는 집 안으로 들어갔다. 깨끗한 통나무를 이어서 만든 벽에는 아무것도 걸려 있지 않았다. 통나무 틈이나 창틀 사이에서는 바퀴벌레가 기어 다니지도 않았고, 딱정벌레가 몸을 숨기고 있지도 않았다.

얼마 안 있어 젊은이는 크바스가 철철 넘치는 잔과 함께, 큼직한 밀 빵 한 조각, 소금에 절인 오이를 나무 쟁반에 들고 나타났다. 그는 그것들을 나무 탁자 위에 놓더니 문에 등을 기댄 채 웃는 얼굴로 우리를 바라보았다.

　우리가 음식을 다 먹기도 전에 벌써 밖에서 마차 소리가 들려서 우리는 밖으로 나갔다. 열대여섯 살 정도의 곱슬머리 소년이 마부석에 앉아서 얼룩말을 힘겹게 다루고 있었다. 마차 주변에는 서로서로 닮았으며 페자와도 닮은 여섯 명의 건장한 젊은이들이 서 있었다.

　"모두 호리의 아들들입니다." 폴루티킨의 말이었다.

　"이놈들은 모두 호리(살쾡이)들이지요."

　그러자 우리의 뒤를 따라 나온 페자가 맞장구를 쳤다.

　"애들이 전부가 아닙지요. 포타프는 숲으로 갔고 시도르는 아버지와 함께 읍내에 갔어요." 그는 마부 쪽으로 몸을 돌리며 말했다. "바샤, 바람처럼 달려야 해. 주인님을 모시고 가는 거야. 길이 나쁜 곳에서만 좀 조심해. 마차가 쓰러져서 나리의 위장이 뒤집히면 안 되니까."

　30분 정도 달리자 마차는 어느새 지주 집 정원에 도착했다.


　저녁을 먹으며 내가 폴루티킨에게 물었다.

　"호리가 왜 다른 농부들과 떨어져 홀로 사는지 말해줄 수 있습니까?"

"그야, 그가 영리한 농부이기 때문이지요. 25년 전에 그의 오두막이 몽땅 불타버렸습니다. 그러자 그가 돌아가신 제 선친께 와서 이렇게 말했지요. '주인님, 제발 숲 근처 습지에 자리를 잡도록 허락해주십시오. 소작료도 충분히 바치겠습니다요' 선친이 물었습니다. '무엇 때문에 습지에 자리를 잡겠다는 건가?' '그냥, 그러고 싶어서입니다. 주인 나리, 나리의 경작지 일을 면해주실 수 있겠습니까? 대신 소작료는 나리 마음대로 정해주십시오' '그럼 1년에 50루블로 하지' '좋습니다' '소작료를 체납해선 안 되네' '여부가 있겠습니까' 이렇게 해서 그는 그 습지에 자리 잡게 된 거지요. 그때부터 그는 호리라고 불리게 된 겁니다."

"그래서 부자가 되었나요?"

"그럼요. 지금은 1년에 100루블씩 내고 있고, 더 올려 받을 작정입니다. 제가 그에게 여러 번 말했지요. '이보게 호리, 자네 자유를 사게나. 돈을 주고 자유를 얻으라니까' 하지만 약아빠진 그 친구는 그럴 수 없다고 대답한답니다. 뭐, 돈이 없다나요? 정말 기가 막혀서……."

다음 날 아침, 차를 마시자마자 우리는 다시 사냥에 나섰다. 마차가 마을 길을 지나칠 때 폴루티킨은 마부에게 어느 집 앞에서 마차를 멈추게 한 다음 큰 소리로 누군가를 불렀다.

"칼리니치!"

그러자, "예, 나갑니다요, 나리. 곧 나갑니다요"라는 대답이 마당에서 들려왔다.

"지금 신발 끈을 매고 있습니다요."

우리는 천천히 마차를 몰았다. 마차가 마을 끝에 이르자 40줄에 접어든 남자가 우리를 뒤쫓아왔다. 후리후리한 키에 야윈 몸이었으며 작은 머리를 곧추세우고 있었다. 그가 칼리니치였다. 여기저기 얽힌 자국이 있는 가무잡잡한 얼굴이 무척 선량해 보여 첫눈에도 내 마음에 들었다. 나중에 안 일이지만 칼리니치는 매번 주인의 사냥에 동행해서 배낭이나 엽총을 메기도 하고, 새가 앉은 장소를 찾아내거나 물을 길어 오기도 하고 혹은 딸기를 따 오기도 하면서 온갖 시중을 다 들었다. 한마디로, 사냥을 나갈 때 그가 없으면 폴루티킨은 옴짝달싹도 할 수 없는 처지였다.

그는 무척 명랑하고 온순한 성품의 소유자였다. 그는 콧노래를 흥얼거리며 즐거운 표정으로 사방을 둘러보았다. 말을 할 때는 약간 코맹맹이 소리를 냈으며 웃을 때는 파란 눈으로 눈웃음을 치기도 했고, 엉성하게 자란 턱수염을 손으로 매만지는 버릇이 있었다.

그날 그는 여러 번 나와 이야기를 나누었고, 나를 돌봐주기도 했다. 하지만 결코 아첨하는 기색은 없었다. 그는 주인을 마치 어린아이 돌보듯 돌봐주었다.

그날 저녁 식사를 하면서 나는 폴루티킨에게 호리와 칼리니치 이야기를 꺼냈다.

"칼리니치는 좋은 농부입니다." 그가 내게 말했다. "무슨 일이건 자발적으로 하고 쓸모도 많지요. 하지만 자기 땅은 제대로 가꾸지 못하지요. 하긴 내가 늘 끌고 다니니…… 매일 나랑 사냥을 하지요. 그러니 어떻게 제 땅을 제대로 가꿀 수 있겠어요?"

다음 날, 폴루티킨은 부득이한 일이 생겨 읍내에 가야만 했다. 나는 혼자 사냥을 나갔다가 해가 지기 전에 잠시 호리의 집에 들러보았다. 오두막 입구에서 노인 한 명이 나를 맞아주었다. 대머리에 땅딸하고 어깨가 딱 벌어진 건장한 노인이었다. 그가 바로 호리였다. 나는 호기심에 사로잡혀 노인을 바라보았다. 그의 얼굴은 소크라테스를 연상시켰다. 우툴두툴하면서 높은 이마, 작은 눈, 들창코가 소크라테스와 너무 닮았던 것이다.

우리는 안으로 들어갔고, 페자가 우리에게 우유와 검은 빵을 갖다주었다. 호리는 의자에 앉아 그의 곱슬곱슬한 턱수염을 천천히 쓰다듬으며 나와 이야기를 나누었다. 그는 자기 자신의 가치를 알고 있는 듯 천천히 말을 했고 동작도 느릿느릿했다. 그리고 가끔 콧수염 사이로 웃음을 띠기도 했다.

우리는 파종이며, 수확이며, 농부의 생활에 관해서 이야기를 나누었다. 그는 언제나 내 말에 동의했지만 나는 꼭 바보 같은 말을 한 것 같아 스스로 꺼림칙해하곤 했다. 그래서 우리의 대화는 조금 이상해 보이기도 했다. 호리는 매우 신중해서, 가끔 애매모호하게 자신의 의견을 말했을 뿐이었다. 예를 들면 이런 식이었다.

내가 그에게 물었다.

"호리, 왜 주인에게서 자유를 사들이지 않는 거지요?"

"자유는 사서 뭘 하게요? 저는 주인 나리를 잘 알고 있고 소작료도…… 주인 나리는 좋은 분이지요."

"자유를 얻는다는 건 좋은 일 아닙니까?"

내 말에 호리는 내게 애매한 눈길을 보내며 말했다.

"그렇긴 하지요."

"그런데 왜 자유를 사지 않는 겁니까?"

그러자 그가 고개를 흔들며 말했다.

"아니, 나리, 제게 무슨 돈이 있다고…….."

"이봐요, 영감! 그런 소리 말아요! 내 다 알고 있는데…….."

그러자 그는 마치 혼잣말을 하듯 나지막한 목소리로 말을 이었다.

"호리가 자유로운 사람들 틈에 끼게 되면, 턱수염 없는 사람들은 누구나 호리보다 나은 사람이 될 겁니다."

"당신도 턱수염을 깎으면 되지 않소?"

"턱수염 따위가 문제가 아니지요. 그건 풀 같은 거니까 깎아버릴 수 있지요."

"그렇다면 그건 무슨 소리요?"

"그건, 호리가 곧바로 상인이 된다는 뜻입니다. 상인들은 좋은 생활을 하고 있지요. 게다가 그들은 늘 턱수염을 기르고 있고요."

"그러면 영감이 지금 장사를 하고 있단 말이요?"

"버터나 타르 같은 걸 조금씩 팔고 있지요…… 그런데 나리. 마차를 준비시킬까요?"

나는 혀를 내두르며 속으로 생각했다.

'정말 용의주도한데다, 혀에도 재갈을 단단히 물려놓은 노인네로군.'

나는 그에게 큰 소리로 말했다.

"그럴 필요 없소. 내일 이 근처에서 사냥하고 싶은데, 영감만 괜찮다면 이곳 헛간 건초 더미에서라도 하룻밤 묵고 싶소."

"아이고, 그러셔야지요. 하지만 헛간이 어떠실지…… 시트도 깔고 베개도 준비하라고 이르겠습니다. 얘들아!" 그는 일어서며 큰 소리로 며느리들을 불렀다. 그런 후 그는 페자에게 말했다. "페자, 너도 가서 거들어라. 도대체 계집애들이란 믿을 수가 있어야지……."

15분 후 페자는 나를 헛간으로 안내했다. 나는 향긋한 건초 위에 몸을 눕혔다. 개도 내 옆에 몸을 웅크렸다. 페자는 내게 잘 자라는 인사를 하고 밖으로 나갔다.

나는 한참 동안 잠을 이루지 못했다. 암소 한 마리가 문 앞으로 와서 세차게 두 번 콧김을 내뿜었다. 그러자 개가 위엄 있게 으르렁거렸다. 이어서 돼지가 생각에라도 잠긴 듯 꿀꿀거리며 지나갔다. 가까운 곳 어디에선가 말이 건초를 씹으며 흥겨운 듯 힝힝거렸다. 나는 잠에 빠져들었다.

동이 틀 무렵 페자가 나를 깨웠다. 나는 이 명랑하고 활달한 젊은이가 마음에 들었다. 내가 보기엔, 호리 영감도 그를 제일 아끼는 것 같았다. 그들 부자는 아주 친근한 어조로 서로 농담을 주고받곤 했다. 노인이 나를 맞으러 왔다. 내가 그의 지붕 아래서 하루를 지냈기 때문인지, 혹은 다른 이유가 있어서인지, 호리는 분명 어젯밤보다는 한결 다정하게 나를 대했다.

그가 웃으며 내게 말했다.

"차를 준비해두었습니다. 함께 마시러 가시지요."

우리는 탁자에 마주 앉았다. 며느리로 보이는 건장하게 생긴 시골 여인이 우유 단지를 가지고 나타났고 이어서 그의 아들들이 한 명씩 집 안으로 들어왔다.

"정말 건장한 자식들이군요." 내가 그에게 내 느낌을 말했다.

"그렇습지요." 설탕 조각을 씹으며 노인이 대답했다. "나나 내 마누라나 불평할 게 하나도 없지요."

"모두 영감과 함께 사나요?"

"그렇습니다. 자기들이 그러고 싶어하니까요."

"전부 장가를 들었나요?"

"저 장난꾸러기 놈만 아직 장가를 안 갔습니다." 그는 문에 기대고 서 있는 페자를 가리켰다. 그런 후 덧붙였다. "막내 놈 바스카는 아직 어리니까 좀 기다려야 하지요."

그때였다. 문밖에서 "호리 영감, 집에 있소?" 하는 목소리가 들렸다. 귀에 익은 목소리였다. 바로 칼리니치였다. 그는 자기의 친구 호리를 위해 따 온 산딸기 다발을 들고 있었다. 노인은 그를 따뜻하게 맞이했다. 나는 놀란 눈으로 칼리니치를 바라보았다. 솔직히 말한다면 농부에게 그런 섬세한 마음씨가 있으리라고는 생각해보지 못한 때문이었다.

나는 그날 평소보다는 네 시간이나 늦게 사냥에 나섰다. 그리고 그날 이후 사흘을 더 호리의 집에서 머물렀다. 나의 새 친구들이 내 흥미를 끈 때문이었다. 내가 어떻게 그들의 신임을 얻게 되었는지는 모르겠지만 그들은 모두 흉허물 없이 나와 이야기를 나누었다.

호리와 칼리니치, 두 친구는 닮은 구석이라고는 조금도 없었다. 호리는 적극적이고 현실적인 사람으로서 경영 마인드를 지닌 합리주의자였다. 반면 칼리니치는 이상주의자, 혹은 몽상가에 가까운 사람으로 낭만적이고 열광적인 정신의 소유자였다. 호리는 현실적 문제를 정확하게 파악하고 있었다. 즉, 그는 미래에 대비해서 얼마간의 돈을 저축했고 주인 및 기관의 관리들과도 좋은 관계를 유지하고 있었다. 칼리니치는 짚신을 신고 다니며 하루하루 그럭저럭 먹고살았다. 호리는 대가족을 거느렸는데 모두 그에게 복종했고 가족들도 화목했다. 칼리니치에게도 한때 아내가 있었다. 그는 아내를 두려워했으며 자식도 없었다. 호리는 폴루티킨을 속속들이 꿰차고 있었지만 칼리니치는 주인을 무조건 숭배하고 있었다. 호리는 칼리니치를 좋아했고 그의 보호자 노릇을 했다. 칼리니치도 호리를 좋아했으며 그를 향해서 존경심을 품고 있었다. 호리는 말수가 적었고 싱글싱글 웃음을 지으며 속으로 머리를 굴렸다. 칼리니치는 공장 직공처럼 말재주가 능란하지도 못하면서도 자기 생각을 열심히 드러냈다.

하지만 칼리니치에게는 호리도 인정하는 여러 가지 능력이 있었다. 그에게는 출혈이나 발작, 혹은 광기나 기생충을 주문(呪文)으로 쫓아버리는 재주가 있었다. 또한 그는 꿀벌을 치는 데도 남다른 재주가 있었다. 그리고 손재주가 아주 좋았다. 호리는 내가 보는 앞에서 칼리니치에게 새로 사 온 말을 마구간에 넣어달라고 부탁했고 그는 이 의심 많은 노인이 청한 일을 한 치도 어김없이 수행했다. 칼리니치가 자연과 밀착되어 있었다면 호리는 인간 사회와 가깝게 지냈다. 칼리니치는 따지는 걸 좋아하지 않았고, 모든 것을 맹목적으로 신임했다. 반면에 호리는 약간 풍자적인 시선으로 세상을 내려다보고 있었다.

호리는 워낙 아는 것이 많았기에 나도 그에게서 배울 점이 한두 개가 아니었다. 나는 그를 통해 농부들의 삶과 경험에 대해 많은 것을 듣고 배웠다. 하지만 호리는 내게 자기가 아는 것을 들려주기만 한 것은 아니었다. 그는 내가 외국 여행 경험이 많은 것을 알고 호기심을 불태웠다. 칼리니치도 마찬가지였다. 칼리니치가 산과 폭포 등 자연과, 훌륭한 건물, 대도시의 모습 등에 관심을 기울인 데 반해 호리는 내가 갔던 나라의 정부와 행정에 대해 물었다.

"그곳도 우리와 마찬가지인가요, 아니면 다른가요? 어때요? 나리, 어서 말씀해주세요."

내가 이야기를 시작하면 칼리니치는 도중에 "아아, 정말 멋져요!"라고 감탄사를 발했지만 호리는 말없이 눈썹을 찌푸리며 듣다가 이따금 "그건 우리랑 맞지 않아요"라든지 "그건 좋군요, 아주 좋아요"라고 말하곤 했다.

그가 한 질문들과 내 대답들을 여기서 모두 독자 여러분들에게 전할 수도 없거니와 전할 필요도 나는 느끼지 않는다. 다만 나는 그와 대화를 나누면서 한 가지 확신을 할 수 있었다. 러시아 독자들이 전혀 예상할 수 없었을 그런 확신…… 그것은 표트르대제는 분명히 러시아인이며, 무엇보다 그의 개혁이 러시아적이라는 확신…….

러시아인은 자신의 힘과 강인함에 자신감이 있어서, 자신을 엄격한 긴장 상태에 놓는 것을 두려워하지 않는다. 그는 과거에 대해서는 별 관심이 없고 과감하게 앞을 내다본다. 무엇이든 좋은 것은 마음에 들어하고, 그럴듯한 것은 그것이 어디에서 온 것이건 구애받지 않고 받아들인다. 러시아인의 정력적인 기질은 독일인의 얄팍한 이론을 기꺼이 조롱한다. 하지만 호리는 독일 사람들은 흥미를 느낄 만한 사람들이며, 그들에게서 무언가 기꺼이 배울 용의가 있다고 말했다.

그는 다른 사람들의 일반적인 이야기와는 다른 자기만의 이야기를 할 줄 알았다. 나는 호리와 이야기를 나누면서 생전 처음으로 단순하면서도 현명한 러시아 농민의 이야기를 들은 셈이었다. 그의 지식은 어디까지나 자기식이었지만 놀라울 정도로 범위가 넓었다.

그렇지만 그는 글을 읽을 줄 몰랐다. 반면에 칼리니치는 글을 읽을 줄 알았다. 호리가 말했다.

"글쎄, 이 건달이 공부를 했다니까요. 이 친구 벌은 겨울에도 죽지 않아요.”

호리와 칼리니치는 논쟁을 벌이는 일이 거의 없었지만 한번은 주인 폴루티킨에 대한 이야기가 나오자 재미있는 언쟁을 벌였다.

“호리 영감, 주인 나리를 갖고 뭐라고 하지 말아요.”

“나리를 감싸기는…… 그런다고 나리가 네게 장화를 사주는 것도 아니잖아.”

“장화요! 내게 장화가 무슨 필요 있어요! 난 농사꾼인데요.”

“그래? 나도 농사꾼인데…….”

그러면서 호리는 발을 들어 매머드 가죽으로 만든 것 같은 장화를 보여주었다. 그러자 칼리니치가 말했다.

“아니, 영감님은 우리하고 다르잖아요.”

“그래도 자네에게 짚신값 정도는 줄 만도 한데. 자네는 주인 나리와 사냥하러 다니잖아. 하루에 한 켤레는 닳아 없어질걸.”

“짚신 살 정도 돈은 주신다고요.”

“그래, 작년에 고작 동전 몇 닢 받았지.”

칼리니치가 화가 난 듯 외면을 하자 호리는 재미있다는 듯 웃음을 터뜨렸고, 그의 작은 눈이 보이지 않을 정도가 되었다.

칼리니치는 제법 목청 좋게 노래를 불렀고, 발랄라이카라는 현악기도 조금은 탈 줄 알았다. 호리는 칼리니치의 노래를 가만히 듣고 있다가 자신도 따라 하기 시작했다. 그는 특히 〈오, 나의 운명이여! 나의 운명이여!〉라는 노래를 좋아했다. 그가 노래를 부르면 페자가 기회를 놓치지 않고 아버지를 놀려댔다.

"아버지, 노인네께서 뭘 그리 슬퍼하시나요?"

하지만 호리는 한 손으로 턱을 괸 채 여전히 자신의 운명을 한탄했다.

하지만 그런 일은 잠시뿐이고 호리처럼 활동적인 사람도 없었다. 그는 언제나 그 무슨 일엔가 매달려 있었다. 그는 언제나 마차를 수리하거나 담장을 고치거나 마구를 살펴보거나 했다. 그러나 그는 청결에 대해서는 별로 관심이 없었다. 언젠가 그 점을 지적하자 그가 내게 말했다.

"집이라는 건, 사람 사는 냄새가 나야 하는 법이지요."

"하지만 칼리니치의 양봉장은 더없이 청결하던데." 나는 그의 말을 받아쳤다.

"그렇지 않으면 벌들이 살 수 없으니까요." 그가 한숨을 내쉬며 대답했다.

어느 날인가 그가 내게 물었다.

"나리, 나리에게도 영지가 있겠지요?"

"그렇소."

"여기서 먼가요?"

"한 100킬로미터 정도."

"거기서도 주로 사냥으로 소일하시겠지요?"

"사실, 그렇다고 볼 수 있소."

"그건 좋습니다, 나리. 하지만 새들을 잡으며 즐기는 것도 좋지만 관리인은 자주 바꾸십시오."

나흘째 되는 날 저녁에 폴루티킨이 내게 사람을 보냈다. 나는 노인과 헤어지기가 싫었다. 나는 칼리니치와 함께 마차에 올랐다.

"자, 잘 있소, 호리. 잘 있게, 페자."

"안녕히 가십시오, 나리. 우리를 잊지 마세요."

우리는 출발했다. 저녁놀이 붉게 타오르고 있었다. 나는 하늘을 바라보며 "내일은 날씨가 좋겠군"이라고 말했다.

"아닙니다, 비가 오겠는걸요." 칼리니치가 내 말을 시정해주었다. "저기 오리들이 물장구치고, 게다가 풀 냄새도 지독하게 나는걸요."

마차는 덤불숲으로 들어갔다. 칼리니치는 마부석에서 덜컹거리는 마차와 함께 위아래로 흔들리면서 노래를 불렀다. 그리고 저녁놀을 뚫어져라 바라보고 또 바라보았다.

　다음 날 나는 폴루티킨의 극진한 대접을 받은 후, 그의 집을 떠났다.

# 시골 의사

        가을 어느 날, 멀리 떨어진 곳에서 돌아오는 길에 나는 감기에 걸려 앓은 적이 있었다. 다행히 병에 걸린 곳이 읍내 여관이어서 어렵지 않게 의사를 부를 수 있었다. 30분 정도 지나자 의사가 왔다. 중키 정도에 머리칼이 검은 야윈 사내였다. 그는 흔한 발한(發汗)제를 처방해준 후 겨자 고약을 바르라고 일러주었다. 내가 그에게 5루블짜리 지폐를 건네주자 그는 헛기침하며 눈길을 돌린 채, 소매 갈피에 솜씨 있게 쑤셔 넣었다.

    그는 돌아가려고 일어섰으나, 나와 이런저런 이야기를 주고받다가 그냥 그 자리에 주저앉고 말았다. 나는 열 때문에 지쳐 있었고, 밤새 잠도 이루지 못할 것 같았기에, 마음 편한 사람과 농담이라도 주고받을 수 있게 되어 기뻤다. 차가 나오고 의사는 이야기를 시작했다. 그는 분별력이 있었고 재미있게 이야기를 할 줄 아는 사람이었다.

한세상 살다 보면 이상한 일이 벌어지는 법이다. 어떤 사람과는 아주 오랫동안 친하게 지냈어도 마음을 털어놓고 이야기를 나누어본 적이 없을 수도 있으며, 어떤 사람과는 사귀자마자 마치 교회에서 고해하듯이 마음속 비밀을 털어놓게 되는 수가 있다. 내가 어떻게 그 새로운 친구의 신임을 얻게 되었는지는 모르겠지만 어쨌든 별 이렇다 할 이유도 없이 그는 내게 무척 신기한 이야기를 털어놓았다. 나는 이제부터 너그러운 독자 여러분께 그 사람의 이야기를 들려주려 한다. 나는 가능한 한 그 의사의 말을 그대로 옮겨놓으려 애쓸 것이다.

어떻게 말씀을 드려야 할지…… 그러니까 사순절 때 일입니다. 막 눈이 녹기 시작할 때였지요. 아마 당신은 모르시는 분이겠지만, 뭐 그래도 상관없지만, 저는 밀로바 파블 루키차라는 분, 그러니까 그 사람이 이곳 판사인데, 그분 집에서 카드놀이를 하고 있었습니다. 그런데 갑자기 하인이 오더니 어떤 사람이 저를 찾는다며 편지를 한 장 내밀었습니다. 그 편지를 펴보니 이런 말이 적혀 있었습니다.

딸이 지금 죽어가고 있으니 제발 왕진을…… 선생님을
모실 마차도 준비해두었습니다.

어떤 과부 지주가 보낸 편지였습니다. 그 집이 20킬로미터나
떨어져 있고 캄캄한 밤인데다, 길도 험했고…… 게다가 몹시
가난한 사람이니 2루블 이상은 도저히 받아낼 수 있을 것 같지
않고…… 실은 그 돈마저 받을 수 있을지 의심스러울 정도였지
요. 고작해야 천 쪼가리 한쪽이나 받을지…… 하지만 아시다시
피 의사의 의무가 먼저지요. 저는 카드를 접고 집으로 왔습니
다. 집에 와보니 현관 앞에 초라한 마차가 기다리고 있더군요.
말은 밭갈이하는 배불뚝이였고 초라한 행색의 마부는 존경의
표시로 모자를 벗고 있었습니다.
    저는 이런 생각을 했지요.
    '보아하니 네 주인은 마차를 몰고 다닐 형편도 못 되는구나.'
    웃으실지 모르지만 우리 같은 가난뱅이 의사들은 그런 생각
을 할 수밖에 없답니다. 마부가 귀족처럼 버티고 앉아서 싱글
싱글 웃으며 채찍을 만지고 있다면 10루블짜리 두 장은 보장이

되지요. 하지만 상황은 영 딴판이었습니다. 하지만 어쩔 수 없다고 생각했습니다. 무엇보다 의무가 우선이니까요. 저는 꼭 필요한 몇 가지 약을 챙겨서 떠났습니다.

정말 지옥 같은 길이었습니다. 저는 정말 악전고투 끝에 그 과부의 집에 도착했습니다. 여기저기 물구덩이에, 길이 갑자기 끊어지기도 하고…… 정말 보통 난리가 아니었습니다. 어쨌든 무사히 도착한 게 다행이었습니다.

밀짚으로 지붕을 이은 조그만 집이었습니다. 창문마다 불이 켜 있는 걸로 봐서 저를 기다리고 있었던 게 틀림없었습니다.

고상해 보이는 노부인이 저를 맞으며 "제발 살려주세요. 제 딸이 다 죽어가고 있습니다"라고 하소연하더군요.

저는 안으로 들어갔습니다. 한쪽 구석에 침대가 놓여 있고 스무 살쯤 돼 보이는 처녀가 의식을 잃은 채 누워 있었습니다. 방 안에는 자매로 보이는 아가씨 두 명이 울고 있었습니다.

열병이었습니다. 저는 사혈(瀉血: 침으로 피를 뽑아냄)을 한 후 겨자 고약을 바르라고 지시하고 물약을 처방해주었습니다. 그러면서 저는 환자의 얼굴을 바라보았습니다.

어떻게 말씀을 드려야 할지…… 숨이 턱 막히는 것 같았습니다. 그녀는 한마디로 절세미인이었습니다. 그 아름다운 얼굴선,

곱게 감은 눈…….

다행히 환자는 약간 차도를 보이기 시작했습니다. 흠뻑 땀을 흘린 뒤 제정신이 돌아온 듯, 방긋 미소를 지으며 주위를 둘러보더니 얼굴을 어루만졌습니다. 그러고는 제 얼굴도 보지 못한 채 곧장 다시 잠이 들었습니다.

저는 응접실로 나왔습니다. 탁자에 커다란 찻주전자와 자메이카 럼주가 놓여 있었습니다. 우리 의사들은 술 없이는 일을 못 하는 법이니까요. 노부인은 제게 차를 따라주며 자고 가라고 간청했습니다. 저는 그러겠다고 했습니다. 하긴 그 밤중에 돌아갈 수도 없었지요.

저는 계속 한숨만 짓는 노부인에게 말했습니다.

"걱정 마십시오. 괜찮을 겁니다. 벌써 2시니 좀 쉬도록 하시지요."

부인이 잠자리에 들고 자매들도 자러 가자 저도 침대에 누웠습니다. 그런데 도통 잠이 오지 않았습니다. 정말 이상한 일이었지요. 몸이 천근만근 고단했는데도 그 환자 모습이 머리에서 떠나질 않는 겁니다.

저는 참을 수 없어서 자리에서 벌떡 일어났습니다. 환자가 어떤지 한번 살펴보려는 생각에서였습니다. 저는 살그머니 환자가 누워 있는 방의 문을 열었습니다. 가슴이 몹시 두근거렸습니다. 하녀는 입을 벌린 채 코까지 골면서 잠을 자고 있더군요. 환자는 이쪽으로 얼굴을 돌린 채 가엾게도 팔을 축 늘어뜨리고 있었습니다. 제가 옆으로 다가가자, 갑자기 눈을 뜨더니 저를 빤히 바라보더군요. 그리고 입을 열어 말했습니다.

"아니, 누구세요? 누구세요?"

저는 당황했습니다.

"아가씨, 놀라지 마세요. 저는 의사입니다. 당신이 어떤지 살펴보려고 온 겁니다."

"의사세요?"

"그렇습니다. 당신 어머니께서 저를 읍내로부터 불러오신 겁니다. 사혈을 했으니 편히 주무세요. 하루 이틀 정도 지나면 회복되실 겁니다."

"아, 의사 선생님, 제발 제가 죽지 않게 해주세요. 제발, 제발."

"무슨 그런 말씀을! 걱정 말아요."

저는 그녀에게 다시 열이 올랐으리라 생각하고 맥을 짚어보았습니다. 아니나 다를까. 펄펄 끓고 있었습니다. 그런데 그녀가 저를 물끄러미 바라보더니 갑자기 제 손을 잡았습니다.

"왜 제가 죽기 싫은지 말씀드리겠어요…… 말씀드리겠어

요…… 지금 우리밖에 없으니…… 그러니 제발…… 누구에게
도…… 자, 들어보세요…….”

저는 고개를 숙였습니다. 그러자 그녀가 자기 입술을 제 귀
로 가져왔습니다. 그녀의 머리칼이 제 뺨을 간질였습니다. 머
리가 빙글빙글 도는 것 같았습니다. 그녀는 속삭이기 시작했지
만…… 저는, 저는 한마디도 알아들을 수 없었습니다…… 아,
그녀는 헛소리를 하고 있었으니! ……그녀는 속삭이고 또 속삭
였습니다. 하지만 너무 빨라서, 러시아어가 아닌 것만 같았습니
다. 말을 끝내자 그녀는 다시 베개 위로 머리를 떨구었고, 손가
락을 입술에 가져가며 마치 위협하는 듯한 시늉을 했습니다.

“선생님, 알았지요? 아무에게도…….”

저는 그녀를 진정시킨 후 마실 것을 준 다음 하녀를 깨우고
그 방에서 나왔습니다.


여기까지 말한 의사는 담배를 뻑뻑 빨아대더니 잠시 멍한 표
정을 지었다. 잠시 후 그는 다시 이야기를 시작했다.


그런데 그다음 날 제 기대와는 달리 환자는 차도를 보이지
않았습니다. 저는 깊이 생각한 끝에 이 집에 며칠 더 머물기

로 했습니다. 물론 다른 환자들을 등한시한다는 게 꺼림칙했지만…… 돈벌이에 지장을 주니까요…… 하지만 그 아가씨는 그야말로 위독한 상태였습니다. 그리고 솔직하게 말씀을 드리자면 저 자신이 그녀에게 마음이 끌렸기 때문이었습니다. 게다가 교양 있는 그 집 사람들도 마음에 들었고…… 제가 환자를 열심히 돌본 데 감동했는지, 그 집 모든 사람이 저를 가족처럼 허물없이 대해주기도 했고…….

그러는 사이 눈이 녹아 길이 형편없어지고 완전히 교통이 두절되고 말았습니다. 약품도 간신히 구해 올 형편이고…… 환자는 회복되지 않고…… 그렇게 하루 이틀 지나는 사이에…… 어떻게 말씀을 드려야 할지…… (의사는 잠시 말을 멈추더니 헛기침을 한 후 차를 한 모금 들이켰다) 솔직히 말씀드리자면…… 그 환자가…… 결국 저를…… 저를 사랑하게 되었다고 해야 할지…… 아니, 사랑이라고 할 수는 없지만…… 뭐라고 말씀을 드려야 할지…….

그래요, 절대로 사랑이 아니었어요. 사람이란 주제 파악을 해야 하는 법이지요. 그녀는 교양도 있고 머리도 좋은데다, 책도 많이 읽었지만 저는 라틴어조차 거의 다 잊어버린걸요. 그리고 얼굴만 해도, 뭐 내세울 만한 게 없지요. 하지만 저도 바

시골 의사

35

보는 아닙니다. 검은 것을 희다고 할 사람도 아니고요. 알 만한 것은 웬만큼 안다고 할 수 있습니다. 저는 알렉산드라 안드레예브나가—그게 그녀의 이름입니다—제게 사랑을 느낀 건 아니지만 말하자면 좀 친근감이랄까, 저를 향한 존경심이랄까, 뭐 이런 걸 느꼈음을 잘 알고 있었습니다. 그녀로서는 그 감정을 스스로 오해하고 있었을지도 모르지만 어쨌든 그녀의 태도가 그러했다는 건 이해해주시기 바랍니다. 이거 이야기가 자꾸 빗나가는 것 같군요…… 이런 건 정말 이해하기 어려우실 텐데…… 자, 이제부터 좀 차근차근 말씀드리겠습니다.

당신은 의사가 아니니 저희의 심정을 제대로 이해하지 못하실 것입니다. 의사가 가장 괴로울 때는 자신의 처방이 들어맞지 않는다는 생각이 들 때입니다. 거의 공포감에 사로잡히기까지 합니다. 맹목적으로 이 처방이 맞을 것이다, 라고 확신하려 하지만 다른 한편으로는 도저히 고칠 가망이 없다고 마음속으로 느낄 때, 그럴 때 의사는 가장 괴롭습니다. 게다가 알렉산드라 안드레예브나의 가족들은 맹목적으로 저를 신임하고 있었습니다. 그들은 그녀가 위독하다는 사실까지 잊어버린 것 같았습니다. 저는 저대로 별일 없을 것이라고 그들을 안심시켰지만 속으로는 크게 낙담하고 있었습니다. 게다가 길이 형편없어서 마부가 약을 가져오는 데도 한참이 걸렸습니다.

저는 환자 곁을 떠나지 않았습니다. 그녀를 뿌리치고 떠날 수 없었습니다. 저는 재미있는 이야기도 들려주고 그녀와 카드 놀이를 하기도 했습니다. 밤에도 그녀 곁에 머물렀습니다. 노모 는 눈물을 흘리며 제게 감사했지만 저는 그 감사를 받을 자격 이 없다고 마음속으로 생각하고 있었습니다. 정말 솔직히 말씀 드립니다만—이제 와서 감출 필요도 없겠지요—저는 그만 환 자와 사랑에 빠진 겁니다.

알렉산드라 안드레예브나도 저를 점점 좋아하게 되어 저 외 에는 아무도 병실에 들어오지 못하게 했습니다. 그녀는 제게 여러 가지 질문을 했습니다. 공부는 어디서 했느냐, 어떻게 살 아왔느냐, 친척으로는 누가 있으며 주로 어떤 사람들에게 왕진 을 가느냐는 등 많은 질문을 퍼부은 것입니다. 저는 환자가 말 을 하면 좋지 않다고 생각하면서도 그녀의 말을…… 정말로 그 녀의 말을 멈출 수 없었습니다. 가끔 저는 제 머리채를 움켜쥐 고 '이 나쁜 놈! 너 지금 무슨 짓을 하는 거냐!'라며 자신을 책 망했습니다…… 그리고 그녀는…… 그녀는 제 손을 움켜쥐고 오랫동안, 아주 오랫동안 저를 바라보다가 고개를 돌리고는 한 숨을 내쉬며 말했습니다.

"아아, 당신은 정말 좋은 분이세요."

그녀의 손은 불덩이처럼 뜨거웠고, 그 큰 눈에는 기운이 하나도 없었습니다. 그녀는 이어서 말했습니다.

"당신은 정말 좋은 분이고 친절한 분이세요. 당신은 이곳 이웃 사람들과는 달라요…… 정말이에요…… 그들과는 달라요…… 아, 저는 왜 이제야 당신을 알게 된 걸까요?"

그러면 저는 이렇게 말했습니다.

"알렉산드라 안드레예브나, 진정하세요. 저는, 저는…… 오히려 제가 어떻게 고마워해야 할지…… 하지만, 어쨌든 제발 진정하세요. 다 잘될 거예요. 다시 전처럼 회복될 겁니다."

여기서 제가 한 가지 꼭 말씀드릴 게 있습니다. 그녀 집안사람들은 이웃과 교제가 별로 없었습니다. 신분이 낮은 사람들과는 격이 맞지 않았고, 부자들과 가까이 지내기에는 자존심이 허락하지 않았던 겁니다. 다시 말씀드리지만 그 집안사람들은 정말 교양이 높은 사람들이었습니다.

그녀는 제 손을 통해서만 약을 받았습니다. 가련한 그녀는 제 부축을 받아 일어나서는 약을 마신 후 저를 바라봅니다…… 제 심장은 마치 터질 듯 두근거리고…….

그러는 사이 그녀의 증세는 점점 더 악화되어갔습니다. 저는 생각했습니다.

'그녀는 죽을 것이다. 틀림없이 죽을 것이다.'

저는 제 자신이 관 속으로 들어가고 싶은 심정이었습니다. 정말입니다. 게다가 그녀의 어머니와 자매들이 저를 바라보고, 제 눈치를 살피고 있었습니다. 그리고…… 그리고…… 저를 향한 그들의 믿음은 점점 약해졌고…… 그들이 어떠냐고 물으면 저는 입으로는 "괜찮습니다"라고 말하곤 했습니다. 아아, 괜찮다니! 제 머리가 돌 지경이었는데!

그러던 어느 날 밤, 저 홀로 환자 곁에 있었습니다. 물론 하녀가 있었지만 드르렁드르렁 코를 골고 있었습니다. 그녀를 욕할 수는 없습니다. 그녀 역시 지쳐 있었으니까요.

얼마 후 알렉산드라 안드레예브나가 잠이 들었고, 저도 깜빡 졸았습니다. 그런데 갑자기 누군가가 제 옆구리를 건드리는 것 같아서 퍼뜩 깨어났습니다. 정신을 차리고 돌아보니, 아아, 그녀가 두 눈을 커다랗게 뜬 채 저를 바라보고 있는 것 아니겠습니까? 입을 약간 벌린 채였고, 뺨은 타오르는 것 같았습니다.

"왜 그러시지요?"

"전 죽겠지요?"

"무슨 그런 당치도 않은 말을!"

"아니에요, 정말 아니에요. 선생님, 제가 살 거라는 말씀은 말아주세요. 제발, 그런 말은…… 아아, 선생님이 제 마음을…… 선생님! 제발 제 증세를 숨기지 말아주세요!"

"알렉산드라 안드레예브나, 제발!"

"선생님, 들어보세요. 저는 한숨도 못 자고…… 오랫동안 당신을 바라보고 있었어요…… 오오, 제발…… 저는 당신을 믿어요. 당신은 좋은 분이고 정직한 분이세요. 모든 성스러운 것들을 걸고 맹세하니, 제발 제게 진실을 말해주세요. 그게 제게 얼마나 중요한 일인지 당신이 아신다면…… 선생님, 제발 제게 말씀해주세요…… 저 위독하지요?"

"아아, 솔직히 말한다면 당신은, 당신은…… 위독합니다. 하지만 자비로우신 하느님께서……."

"그래요, 저는 죽는군요. 저는 죽는군요."

그녀는 그 사실이 기쁜 것처럼 보였습니다. 얼굴이 점점 밝아졌으니까요. 저는 깜짝 놀랐습니다.

그녀는 갑자기 몸을 일으키더니 팔꿈치로 턱을 괴었습니다.

"무서워하지 마세요. 정말 무서워하실 것 없어요. 저는 죽는 게 조금도 두렵지 않아요. 그래요, 이제는…… 이제는…… 말할 수 있어요. 제가 당신께 진심으로 감사하고 있다는 걸…… 당신은 정말로 좋은 분이고 친절한 분이고…… 저는 당신을 사랑해요."

저는 얼이 빠져서 그녀를 뚫어지게 바라보았습니다. 짐작하시겠지만 무서운 생각마저 들었습니다.

"아시겠어요? 저는 당신을 사랑한다고요."

"알렉산드라 안드레예브나! 제게는 그럴 만한 자격이……."

"아니에요, 아니에요. 당신은 제 마음을 모르세요."

그녀는 갑자기 두 손을 뻗어 두 팔로 제 목을 껴안더니 제게 입을 맞추었습니다. 저는 정말이지 소리라도 지를 뻔했습니다. 저는 그대로 무릎을 꿇고 베개 속에 얼굴을 파묻었습니다. 그녀는 아무 말이 없었지만 제 머리를 만지는 그녀의 손끝은 파르르 떨리고 있었습니다.

퍼뜩 정신을 차려보니 그녀가 울고 있었습니다. 저는 입에서 나오는 대로 무조건 그녀를 위로했지만 저 자신도 무슨 말을 하고 있는지 모를 지경이었습니다.

"하녀가 깨겠어요. 알렉산드라 안드레예브나…… 감사합니다…… 제발 믿어주세요…… 진정하세요……."

"됐어요, 다 됐어요. 그런 건 다 아무 상관없어요. 하녀가 잠에서 깬들…… 어머니나 동생이 온들…… 아무 상관없어요. 저는 죽어가고 있잖아요…… 도대체 뭐가 두려우세요? 왜 그렇게 두려워하세요? 자, 고개를 드세요…… 그래요…… 당신은 저를 사랑하고 있지 않군요…… 제가 잘못 생각했군요…… 그렇다면 저를 용서해주세요."

"오, 알렉산드라 안드레예브나, 무슨 말씀을…… 저는 당신을…… 당신을 사랑합니다."

그녀는 저를 뚫어지게 바라보더니 두 팔을 벌렸습니다.

"그렇다면 저를 안아주세요."

솔직히 말씀드립니다만, 그날 밤 제가 어떻게 미치지 않고 견뎠는지 모르겠습니다. 저는 환자가 스스로 죽음의 길을 택했음을 알았고, 그녀가 제정신이 아니라는 것도 알고 있었습니다. 그리고 그녀가 죽음을 의식하고 있지 않았다면 결코 저를 택하지 않았으리라는 것도 알고 있었습니다. 그리고 정말이지, 사랑도 해보지 못하고 스무 살에 죽는다는 것은…… 그건 정말 괴로운 일이라는 것을 아시겠지요? 그 때문에 그녀는 절망 속에서 제게 매달린 것입니다. 자, 아시겠지요? 그녀는 저를 붙잡고 놓아주지 않았습니다. 그리고 시종 이런 말만 되풀이했습니다.

"만일 제가 살아남아서 다시 멋진 숙녀가 될 걸 알고도 이런다면…… 저는 정말 부끄러워해야겠지요. 정말 부끄러울 거예요…… 하지만…… 하지만…… 지금은…….”

“알렉산드라 안드레예브나, 누가 당신이 죽을 거라고 했어요?”

“아니, 그만두세요. 저를 속이지는 못해요. 당신은 거짓말을 못 해요. 당신의 얼굴을 보세요.”

“당신은 나을 거예요. 제가 고쳐드리겠어요…… 그리고…… 어머니께 결혼 승낙을 받고서…… 결혼을 하고…… 그러면 우리는 행복할 거예요.”

“아니에요, 아니야! 당신 제게 맹세했잖아요. 저는 죽어야 해요…… 당신이 약속했잖아요…… 당신이 말했잖아요…….”

그런 후 그녀가 제 이름을 물었습니다. 성이 아니라 이름을 알고 싶어한 겁니다. 저는 트리폰이라는 제 부끄러운 이름, 트리폰 이바니체라는 제 이름을 말해줄 수밖에 없었습니다. 그녀는 눈살을 약간 찌푸리더니 프랑스어로 몇 마디 하더군요. 전 기분이 좀 나빴습니다. 그러더니 그녀가 웃었습니다. 저는 역시 좋은 기분은 아니었지요.

그렇습니다. 저는 그런 식으로 그녀와 온밤을 지냈습니다. 저는 동이 트기도 전에 마치 정신이 돌 지경이 되어서 그 방에서 나왔습니다. 낮에 차를 마시고 다시 그 방에 들어갔더니 그녀의 모습은 미처 알아보기도 힘들 정도였습니다. 아마 관에 들어가 있는 사람도 그보다는 나았을 겁니다. 그 고통을 어떻게 참아낼 수 있었는지…… 정말…… 그렇게 안타까운 가운데 사흘이 흘렀습니다.

그리고 드디어 마지막 날 밤, 그녀가 한 말이란! 아아, 얼마나 무서웠는지…….

저는 그녀 옆에 앉아서 '하느님, 한시라도 빨리 그녀를 데려가 주옵소서. 그리고 저도 함께 데려가 주옵소서'라고 속으로 기도하고 있었습니다. 그런데 갑자기 그녀의 노모가 방문을 열고 들어왔습니다. 어젯밤 노모에게 증세가 심상치 않으니 신부님을 부르는 게 좋겠다고 제가 말해두었던 것입니다. 그런데 어머니를 보자마자 환자가 말했습니다.

"어머니, 잘 오셨어요. 어머니 우리를 보세요. 우리는 서로 사랑하고 있어요. 우리는 맹세를 했어요."

"아니, 의사 선생님! 이 애가 무슨 말을 하는 거지요? 도대체 무슨 말을?"

제 얼굴은 흙빛이 되었습니다.

"헛소리하는가 봅니다. 열이 높아서." 제가 말했습니다.

그러자 알렉산드라 안드레예브나가 말했습니다.

"그만두세요, 조금 전까지만 해도 다른 말을 하셨으면서……

제 반지까지 받으셨으면서…… 왜 아닌 척하세요? 어머니는 좋으신 분이에요. 용서하시고 이해해주실 거예요…… 그리고 저는 죽어가고 있으니 거짓말을 할 필요도 없어요. 자, 손을 이리 주세요."

저는 벌떡 일어나 방에서 뛰쳐나오고 말았습니다. 물론 노모는 모든 것을 다 알아차릴 수 있었지요.

환자는 그 이튿날 숨을 거두었습니다. 오, 주여! 그녀에게 안식을 주옵소서! 숨을 거두기 전에 그녀는 집안사람들을 모두 나가게 하고 저와 단둘이 있게 한 다음 제게 말했습니다.

"저를 용서해주세요. 제가 당신에게 잘못을 저질렀는지도 모르겠어요…… 제가 아파서…… 하지만 믿어주세요. 이제껏 당신만큼 사랑해본 사람은 없어요…… 저를 잊지 마세요…… 제 반지를 소중히……."

의사는 눈길을 돌렸다. 나는 의사의 손을 잡았다.

그가 말했다.

"나리, 우리 다른 이야기나 하지요. 그렇지 않으면 돈을 조금 걸고 카드놀이나 하든지. 우리같이 저속한 족속들은 그런 고상한 감정에 빠져들 자격이 없으니까요. 우리는 어떻게 하면 애들을 울리지 않을까, 어떻게 하면 여편네 잔소리를 듣지 않을 수 있을까, 이런 것들만 생각하지요. 그 후 저도 남들이 다 하는 결혼을 했습니다. 7,000루블의 지참금을 가져온 여자와…… 아쿨리나라는 여자입니다. 트리폰이라는 이름과 격이 어울리는 이름이지요. 마누라는 좀 사나운 여자지만 다행히 매일 잠만 잔답니다…… 자, 그럼 카드놀이나 하실까요?”

우리는 1코페이카씩 걸고 카드놀이를 했으며 트리폰 이바니체는 내게서 2루블 5코페이카를 땄다. 그는 돈을 따서 만족스럽다는 표정으로 밤늦게 집으로 돌아갔다.

## 르고프

　　나는 예르몰라이와 자주 사냥을 나갔다. 예르몰라이는 마흔댓 살가량의 남자로서 키가 후리후리했다. 그는 낡은 구식 총으로 사냥했지만 백발백중 명사수였다. 그가 그 구식 총으로 새들을 정확히 쏘아 맞히는 모습을 보면 누구나 혀를 내둘렀다. 그에게는 발레트카라는 삐쩍 마른 세터종(種) 사냥개가 있었다. 그는 그 사냥개에게 결코 먹이를 주지 않았다. '아니, 개를 기르면서 먹이를 주다니!'라는 것이 그의 생각이었다. 발레트카는 꼬리가 짧고 몰골도 형편이 없었지만 단 한 번도 달아난 적이 없었으며 주인에게 충성을 바쳤다.

　　예르몰라이는 내가 아는 어떤 지주에게 속한 농노였다. 예르몰라이는 한 달에 한 번씩 뇌조와 자고새 한 쌍씩을 지주 집에 바치게 되어 있었을 뿐, 자유롭게 어디서든 지낼 수 있었다. 그는 말하자면 '아무짝에도 쓸모없는 인간'이었다. 사냥 외에는 아무것도 할 줄 몰랐기 때문이었다. 아니다. 아무것도 할 줄 몰랐다기보다는 그 무엇인가 할 생각조차 없었다고 하는 것이 옳다. 그는 도무지 차분하게 한곳에 머물지 못했으며 편안하게 지내는 것을 오히려 불편하게 여겼다. 그는 나무 위나 지붕 위, 다리 밑에서 밤을 지새우기도 하고, 지붕 밑 다락이나 헛간에서 지내기도 했다. 그러니 온갖 험한 일을 다 겪지 않을 수가 없었다. 그런 그를 사람들은 아예 상대할 사람으로 여기지도 않았다.

그런 그에게도 아내가 있었다. 그리고 그는 일주일에 한 번 아내를 만나러 집으로 갔다. 예르몰라이는 온순하고 태평한 사람이었지만 자기 아내에게만큼은 거칠고 사나워서 집에 오기만 하면 아내에게 엄격하게 대했다. 하지만 그가 하루 이상 집에 머무는 적은 없었다. 그는 농부들에게도 멸시를 받는 괴짜 중의 괴짜였다.

나는 그런 예르몰라이를 사냥꾼으로 고용했다. 그의 사격 솜씨와 온순한 성품을 높이 산 것이다.

어느 날 예르몰라이가 내게 말했다.

"르고프에 한번 가보지 않으시겠어요? 거기 가면 들오리를 실컷 잡을 수 있을 겁니다."

진짜 사냥꾼에게 들오리는 특별히 매력적인 사냥감은 아니었다. 하지만 9월 초순이라 별다른 날짐승을 잡을 수 없는 철이었기에 나는 그의 제안을 받아들여 르고프로 갔다.

르고프는 초원에 있는 큰 마을이었다. 마을에는 둥근 지붕이 우뚝 솟은 몹시 낡은 석조 교회가 있었고, 흙탕물이 흐르는 로사타라는 작은 강변에 물방앗간이 두 개 있었다. 르고프에서 5킬로미터가량 강물을 거슬러 올라가면 강은 거대한 진흙탕 못으로 바뀌고, 둘레뿐 아니라 못 한가운데까지 갈대가 빽빽하게 자라나 있었다.

이곳 강 하구와 갈대들 사이에 온갖 종류의 오리들이 서식한다. 오리들은 몇 마리씩 떼를 지어 물 위를 스쳐 날아가거나 헤엄을 치고 있다가 총소리라도 들리면 그야말로 비구름처럼 새까맣게 날아오르고, 사냥꾼은 저도 모르게 탄성을 지르게 마련이다.

나와 예르몰라이는 못을 끼고 걸어갔다. 하지만 오리들이 좀처럼 강가 근처로는 오지 않았고, 설사 가까운 곳의 오리들을 총으로 맞혀 떨어뜨린다 해도 개들이 헤엄쳐 가서 오리들을 물어 올 수는 없었다.

"안 되겠는뎁쇼. 우선 배를 얻어야겠습니다. 마을로 돌아가지요." 예르몰라이의 말이었다.

우리는 발길을 돌렸다. 그런데 우리가 채 몇 걸음을 옮기기도 전에 맞은편 울창한 버드나무 숲에서 몰골사나운 사냥개를 앞세우고 한 사내가 나타났다. 형편없이 닳아빠진 프록코트에 누르스름한 조끼를 걸친 중키의 사내였다. 바지 밑단은 구멍투성이 장화에 제멋대로 쑤셔 넣고 있었으며 빨간 손수건을 목에 두르고 어깨에 단발총을 메고 있었다.

그 낯선 사나이는 우리 곁으로 와서 공손하게 인사를 했다. 나이는 스물댓쯤 돼 보였고, 입에서는 크바스 냄새가 풍겼으며, 갈색 눈을 다정하게 깜빡이고 있었다. 이가 아픈지 검은 천으로 입 주변을 동여맸지만 그는 유쾌한 미소를 지으며 말했다.

"제 소개를 해드리지요. 저는 이 지역 사냥꾼인 블라디미르입니다. 당신들이 이곳에 오셔서 못가로 가셨다는 말을 듣고 괜찮으시다면 좀 도와드릴까 하는 생각에서 이렇게 오게 된 겁니다."

나는 그의 제안을 받아들였다. 우리가 르고프에 도착하기도

전에 그는 자신이 어떤 사람인지 내게 다 알려주었다. 그는 해
방된 농노 출신이었다. 그는 청소년기에 음악을 배웠고, 그 뒤
시종 일도 하게 되어 읽고 쓰는 법도 배웠다. 지금은 대부분의
러시아 사람들이 그렇듯, 무일푼에 일정한 직업도 없고 그냥
닥치는 대로 먹고 마시며 살아가고 있었다. 그런 그에게 기막
힌 재주가 있었다. 바로 여자를 후리는 재주였다. 여자 열 명 중
아홉은 그에게 넘어갔다. 그에게는 말재주가 있었고, 러시아 여
자들이 말주변이 좋은 사람을 좋아하는 덕분이었다.

나는 그가 도대체 왜 턱에 수건을 동여매고 있는지 궁금해서
물었다.

"왜 거기 수건을 동여매고 있는가? 이가 아픈가?"

"아닙니다. 부주의해서 벌어진 일이지요. 사냥의 '사' 자도
모르는 제 친구가 하도 졸라대는 바람에 함께 사냥을 나간 적
이 있었습니다. 우리는 실컷 사냥한 다음에 나무 그늘에 앉아
쉬고 있었지요. 그런데 그 친구가 총 조준법을 익힌다며 총을
들고 저를 겨누는 겁니다. 저는 그만두라고 했지만 그 미숙한
친구는 말을 듣지 않았습니다. 이윽고 '탕!' 하는 총소리가 났
고, 저는 아래턱과 집게손가락을 잃고 말았습니다."

우리는 르고프에 도착했다. 블라디미르도 배가 없이는 사냥

할 수 없다는 예르몰라이 의견에 동의했다. 그가 말했다.

"수초크에게 배가 있을 텐데, 어디 두었는지는 모르겠습니다. 제가 한번 가보지요."

"누구?" 내가 물었다.

"이곳에 사는 사람입니다. 별명이 수초크입니다."

블라디미르는 예르몰라이와 함께 수초크의 집으로 갔고 나는 교회 옆에서 기다렸다. 얼마 지나자 블라디미르와 예르몰라이가 수초크라는 이상한 별명을 가진 사나이와 함께 나타났다. 맨발에 다 떨어진 옷을 입고 머리도 헝클어진 예순 살가량의 남자였다. 몰골을 보니 지주 집안에서 농노로 일하다가 잘못해서 쫓겨난 게 틀림없어 보였다.

"배가 있소?" 내가 물었다.

"있습지요." 그가 목이 쉬어 갈라지는 목소리로 대답했다. "하지만 너무 형편이 없어서…… 틈새가 벌어지고 꺾쇠가 다 빠졌습니다."

"별일도 아니네. 삼(杉)으로 메우면 되잖아요." 예르몰라이의 말이었다.

"하긴 그러면 되지." 수초크가 대답했다.

내가 수초크에게 물었다.

"영감은 대체 뭐 하는 사람이오?"

"이곳 영지의 어부입지요."

"아니, 그런데 배가 그 꼴이란 말이오?"

"이 강에는 고기가 없기 때문입지요. 고기들은 진흙투성이 늪은 좋아하지 않으니까요."

나는 예르몰라이에게 배를 어서 수선하라고 말했다. 예르몰라이가 자리를 뜨자 내가 블라디미르에게 말했다.

"이보게, 이런 식으로 하다가 배가 가라앉으면 어떡하지?"

그가 천연덕스럽게 대답했다.

"그럴 리가요. 게다가 별로 깊지도 않은 못이에요."

그러자 수초크가 잠이 덜 깬 듯한 목소리로 블라디미르의 말을 받았다.

"네, 안 깊습니다. 게다가 바닥은 진흙 펄인데다 온통 풀들이 자라고 있지요. 몇 군데 깊은 곳이 있긴 하지만…… 노를 저을 수는 없고 장대로 밀어야 합니다."

예르몰라이가 돌아오길 기다리며 내가 수초크 영감에게 물었다.

"영감, 여기서 어부 노릇을 한 지 오래됐소?"

"올해로 7년쨉니다." 그가 약간은 놀란 듯한 몸짓을 하며 대답했다.

"그 전에는 무슨 일을 했는데?"

"마부였습죠."

"왜 그만두었소?"

"새로운 주인마님이…… 우리를 새로 사신 분입니다. 알료나 티모폐브나라고 모르십니까? 뚱뚱하고 나이가 지긋한 부인이지요."

"왜 당신에게 어부 일을 시켰을까?"

"그야 알 수 없지요. 탐보트에 오시더니 하인들을 모두 불러 모은 다음 한 사람씩 무슨 일을 하느냐고 물으시더군요. 제 차례가 와서 마부라고 말씀드렸더니, '마부? 꼴에 무슨 마부야. 자기 꼴을 좀 보라지! 마부에는 안 어울리니까, 어부 노릇을 하도록 해. 그 수염이나 깎고. 내가 여기 올 때마다 생선을 바치도록 해. 알겠어?'라고 말씀하시더군요. 그때부터 저는 어부가 되었지요."

"그 전에는 누구 소유였는데?"

"세르게이 세르게이차 페흐트레바 님이요. 유산 상속 때 그분에게 넘어가게 되었고, 마부 노릇을 하게 되었습니다요."

"그럼 젊었을 때부터 마부 노릇을 해온 거요?"

"아닙니다요. 세르게이 세르게이차 님 소유가 되기 전에는 요리사였지요. 물론 도시 저택에서가 아니라 시골집에서였습니다. 그전 주인 아파나치아 네페디차 님의 요리사였지요. 르고프를 사신 게 그분이었으니까요. 세르게이 세르게이차 님의 백부셨는데, 그분이 돌아가시자 세르게이 님의 손으로 넘어가게 된 거지요."

나는 호기심에 그에게 그전에는 무슨 일을 했는지, 주인은 누구였는지 물어보았다. 그는 요리사만 한 것이 아니라, 저택 안에 극장을 만든 주인에게서는 배우 노릇도 했고, 정원사 일도 했으며, 사냥개 돌보는 일을 하기도 했으며, 아주 젊을 때는 주인이 모스크바의 구두 직공으로 보내기도 했다고 말했다.

내가 그에게 말했다.

"정말 많은 일을 해왔군. 그런데 영감. 영감이 지금 하는 일은 뭐요? 못에는 고기도 없잖소?"

"아이고, 나리! 전 불만이 없습니다요. 어부 일을 할 수 있는 것만도 감사한 일이지요. 저만큼 늙은 안드레이는 제지 공장에서 물 퍼내는 일을 하고 있다니까요. 마님께서 '놀고먹는 건 죄야'라고 말씀하시면서 그리로 보내셨지요. 그 친구는 좀 더 좋은 자리로 가리라 생각하고 있었는데……."

"가족은 있소? 결혼은 했고?"

"그럴 리가요, 나리. 결혼이라니요! 돌아가신 바실리예브나 마님께서—제발 천국에 편히 계시길!—아무에게도 결혼을 허락하지 않으셨습니다요. 마님은 자주 '절대 그럴 수 없어! 나도 이렇게 홀몸으로 지내는데, 무슨 그런 방자한 짓을! 도대체 결혼해서 어쩌겠다는 거야?'라고 말씀하시곤 했지요."

"그럼 영감은 어떻게 살고 있소? 임금이라도 받고 있소?"

"아이고, 임금이라니요! 이렇게 먹여주시는 것만 해도 감사할 일이지요! 저는 매우 만족하고 있습니다요. 마님, 만수무강하시길!"

예르몰라이가 돌아왔다.

"배를 고쳤습니다. 영감, 어서 장대를 가져와요."

15분 뒤에 우리는 배에 올랐다. 개는 농가에 맡기고 마부에게 돌보라고 했다. 마음이 썩 내키는 상황은 아니었지만 사냥꾼은 모름지기 이런 것 저런 것 까탈을 부려서는 안 되는 법이다. 수초크는 선미에 서서 장대로 배를 밀고 있었다. 나와 블라디미르는 배 한가운데 가로놓인 판자 위에 앉았고, 예르몰라이는 뱃머리에 자리를 잡았다. 예르몰라이가 구멍을 메우긴 했지만 배 밑으로 계속 물이 들어왔다. 그나마 날씨가 좋아 못이 잔잔한 것이 다행이었다.

우리는 천천히 앞으로 나아갔다. 노인은 진흙탕에서 긴 장대를 힘겹게 뽑아내곤 했다. 못에 빽빽이 자라고 있는 수련잎들도 배가 나아가는 데 방해가 되었다. 마침내 우리는 갈대숲에 이르렀고 이윽고 볼만한 광경이 펼쳐졌다. 자기들 영역에 갑자기 낯선 사람들이 나타난 데 놀란 오리들이 일제히 꽥꽥거리는 요란한 소리를 내며 날아오른 것이다. 우리는 일제히 사격을 시작했다.

앞서 말했듯이 예르몰라이는 형편없는 구식 총으로도 백발백중이었으나, 블라디미르의 사격 솜씨는 형편없었다. 꼬리가 짧은 사냥감들이 공중에서 곤두박질치면서 물 위로 첨벙첨벙 떨어지는 광경은 정말 볼만한 구경거리였다. 총에 맞은 오리를 모두 건져 올릴 수는 없었지만 그래도 점심때쯤에는 배 안에 노획물이 넘쳐흐를 정도로 가득 찼다.

날씨는 여전히 좋았다. 몽실몽실한 흰 구름이 우리 머리 위로 조용히 흘러가면서, 물에 선명하게 그림자를 던지고 있었다. 갈대들은 주변에서 조용히 속삭이고, 수면은 햇빛을 받아 강철처럼 반짝였다. 우리는 마을로 돌아갈 채비를 했다. 그런데 예기치 못한 불상사가 벌어지고 말았다.

우리는 오래전부터 배에 물이 점점 차오르고 있음을 알고 있었다. 블라디미르는 예르몰라이가 만약의 사태에 대비해서 마누라 몰래 훔쳐 온 국자로 물을 퍼내고 있었다. 블라디미르가 자기 임무를 잊지 않고 있는 동안에는 그럭저럭 무사했다. 하지만 사냥이 마지막 고비에 이르렀을 무렵, 오리들이 마치 작별이라도 하듯 일제히 날아올랐고, 우리는 일제히 사격에 몰두하느라 배가 어떻게 되는지 아무도 신경을 쓰지 않았다.

예르몰라이가 떨어진 오리를 주우려고 몸을 기울이는 순간, 우리의 낡은 배가 휙 옆으로 기울어지더니 배 안에 물이 가득 찼고, 배는 서서히 가라앉기 시작했다. 천만다행으로 그다지 깊은 곳은 아니었다. 우리는 비명을 질렀지만 이미 때는 늦은 터였다. 일순간에 우리는 둥둥 떠다니는 오리 떼에 둘러싸인 채 겨우 목만 물 위에 내놓고 있게 된 것이다.

우리는 모두 파랗게 질린 채 총을 머리 위로 높이 쳐들고 있었다. 수초크는 주인의 흉내를 내는 게 몸에 밴 듯, 장대를 높이 쳐들고 있었다.

예르몰라이가 수초크에게는 무슨 배가 그따위냐고 욕을 했고 블라디미르에게는 물을 퍼내지 않고 뭘 하고 있었느냐고 힐난을 퍼부었다. 수초크는 어쩔 줄 모르며 미안하다고 말했고,

블라디미르는 대꾸조차 할 수 있는 형편이 아니었다. 나는 정신을 차리고 주위를 둘러보았다. 사방이 갈대 천지였고, 강변은 저 멀리 떨어져 있었다. 큰일이었다.

예르몰라이가 블라디미르에게 총을 건네며 말했다.

"이보게, 총을 갖고 있게. 어디 얕은 여울이라도 있는지 찾아봐야겠어."

그는 내게 여울을 찾아보겠다 말하고 수초크에게서 장대를 건네받은 후 조심스럽게 발로 바닥을 더듬으며 강변 쪽으로 향해 갔다.

내가 예르몰라이에게 소리쳐 물었다.

"이봐, 수영할 줄 알아?"

"아니, 모릅니다." 갈대숲 뒤에서 그의 대답이 들렸다.

"저런, 빠져 죽으려고." 수초크가 무심한 어조로 말했다.

그는 우리 모두가 위험에 빠졌기에 겁이 난 것이 아니었다. 우리가 그에게 화를 낼까 봐 두려웠던 것이다. 이제 안심이 된 그는 때때로 한숨만 내쉴 뿐이었다. 그는 이곳에서 빠져나가야 한다는 걱정 따위는 도무지 하지 않는 것 같았다.

예르몰라이는 한 시간이 지나도록 돌아오지 않았다. 그 한 시간이 얼마나 길게 느껴졌는지 모른다. 마을에서는 저녁 종소리가 들려왔다. 오리들이 우리 머리 위를 날고 시간이 지남에 따라 우리들 몸은 점점 굳어졌다. 수초크는 마치 잠잘 채비라도 하는 양 눈을 껌뻑이고 있을 뿐이었다.

마침내, 예르몰라이가 돌아왔다. 우리는 뛸 듯이 기뻐했다.

"그래, 어떻게 됐어?" 내가 황급히 물었다.

"강기슭까지 갔다 왔습니다. 여울을 찾았어요…… 자, 가시지요."

말을 하면서 그는 노끈을 꺼내 오리들의 발을 묶었다. 그리고 노끈의 양 끝을 입에 물었다. 그가 앞장섰고 블라디미르가 그의 뒤를 따랐으며 내가 블라디미르의 뒤를 이었다. 수초크는 맨 뒤에서 따라왔다. 잠시 뒤에 지칠 대로 지친 우리는 진흙투성이가 된 채 강기슭에 도착했다.

그로부터 두 시간 뒤, 우리는 건초가 쌓여 있는 커다란 헛간에 앉아서 저녁을 들 준비를 하고 있었다. 옷은 그럭저럭 마른 뒤였다. 게으름뱅이 마부가 문 옆에 서서 수초크에게 열심히 코담배를 권하고 수초크는 맹렬하게 담배를 들이마셨다. 기침하면서 가끔 침을 뱉는 그의 표정은 지극히 만족스러웠다. 블라디미르는 침울해 보였다. 그는 고개를 한편으로 기울인 채 말이 없었다. 예르몰라이는 총을 닦고 있었다. 개들은 먹이를 기다리며 꼬리를 흔들고 말은 헛간에서 발을 구르며 힝힝거리고 있었다.

해가 지고 있었다. 그 마지막 광선이 자줏빛 무늬를 내며 널리 퍼졌다. 여기저기 흩어진 황금빛 구름 조각들은 마치 깨끗이 씻어서 빗어 넘긴 양털처럼 점점 가늘고 얇아지면서 하늘 위로 펼쳐지고 있었다…… 마을에서 노랫소리가 들려왔다.

# 카시얀

어느 구름 낀 무더운 여름날, 나는 덜컹거리는 시골 마차를 타고 사냥에서 돌아오고 있었다. 더위에 완전히 녹초가 된 나는 바퀴 아래서 끊임없이 피어오르는 먼지를 뒤집어쓴 채 꾸벅꾸벅 졸고 있었다.

그때 갑자기 마부 예로페이가 말에게 심하게 채찍질을 하는 바람에 나는 잠에서 퍼뜩 깨어났다. 나는 주위를 둘러보았다. 마차는 넓은 경작지 길을 달리고 있었다. 저 앞쪽을 보니 우리 앞을 가로지르는 오솔길이 있고, 어떤 행렬이 그 오솔길을 지나고 있었다. 장례 행렬이었다. 마부는 장례 행렬이 큰길에 도달하기 전에 그곳을 지나가려고 갑자기 말에 채찍질을 가한 것이었다. 길에서 죽은 사람과 마주치는 것은 흉조였기 때문이다.

하지만 우리 마차는 장례 행렬이 큰길에 다다르기 전에 그곳을 빠져나가지 못했다. 마차가 갑자기 덜컹거리더니 겨우 뒤집히지 않을 정도로 기우뚱거리면서 멈춰 선 것이었다.

"무슨 일인가?" 내가 예로페이에게 물었다.

"굴대가 부러졌습니다…… 열 받은 거지요." 그는 화가 난 듯 대답했다.

나는 마차에서 내렸다. 망연자실한 기분이었다. 오른쪽 바퀴가 완전히 마차에 깔린 채, 마치 필사적으로 마차 몸통을 위로 들어 올리려고 용을 쓰고 있는 것 같았다.

"이제 어떻게 하지?" 내가 물었다.

"바로 저놈 때문입니다." 마부는 큰길로 접어들어 우리 쪽으로 다가오고 있는 장례 행렬을 채찍으로 가리키며 말했다. "늘 조심을 했는데…… 정말이에요. 길에서 송장을 만나다니…… 정말 재수 옴 붙었네."

이윽고 장례 행렬이 우리 곁을 지나갔다. 비통한 울음소리가 행렬과 함께 이어지고 있었다. 행렬이 조금씩 멀어지는 것을 바라보며 마부가 내게 말했다.

"저건 라바야 마을의 목수 마틴의 장례식입니다."

"어떻게 알지?"

"여자들을 보고 알았습죠. 나이 많은 여자가 어머니이고 젊은 쪽이 아내입지요. 열병으로 죽었습니다. 사흘 전 관리인이 의사를 부르러 보냈는데, 공교롭게도 의사가 집에 없었답니다. 정말 좋은 목수였는데…… 술을 좀 좋아하긴 했지만, 솜씨가 보통이 아니었어요. 저 아내가 슬퍼하는 모습을 보세요. 하지만 뭐, 여자의 눈물이란…… 아시다시피 헐값이잖아요. 그냥 맹물일 뿐이에요. 정말로……."

말을 마친 마부는 말고삐 밑으로 들어가 두 손으로 굴레를 잡았다.

"그나저나 우리는 어떻게 하지?" 내가 물었다.

굴대를 살피고 나온 그가 깊은 생각에 잠긴 표정으로 마부자리에 오르며 내게 말했다.

"타십시오."

"아니, 굴대가 부러졌다면서 어떻게 하려고?"

"그럭저럭 저기 가까운 마을까지는 갈 수 있을 겁니다. 슬슬 가면 되니까요. 유즈니예라는 마을입니다."

나는 차라리 걸어가는 게 낫겠다고 생각하면서도 마차에 올랐다. 마차는 그럭저럭 굴러갔고, 우리는 겨우 마을에 도착할 수 있었다.

유즈니예 마을은 자그마한 여섯 채의 농가로 이루어져 있었다. 마차가 마을로 들어섰지만 우리는 아무도 마주칠 수 없었다. 나는 마차를 세운 후 첫 번째 농가로 들어가 사람을 불러보았다. 고양이 한 마리가 야옹하며 곁을 스쳐 지나갔을 뿐 아무도 없었다. 뒤뜰로 돌아가보았으나 마구간에서 송아지 한 마리가 낮은 소리로 울고 있을 뿐이었다.

두 번째 집에 들러보았으나 그곳에도 역시 사람은 없었다. 나는 뒤뜰로 돌아가보았다. 그런데 뜰 한가운데 그야말로 뙤약볕 아래에서 머리를 땅에 박고 외투를 뒤집어쓴 채 한 남자가 누워 있었다. 얼핏 보기에는 소년 같았다. 그 옆에는 빼빼 마른 말 한 마리가 초라한 짐마차 옆에 서 있었다.

나는 그 남자 곁으로 가서 그를 깨웠다.

그는 고개를 들어 나를 보더니 벌떡 일어났다.

"뭐지요? 무슨 일이지요? 왜 그러지요?"

나는 얼른 대답하지 못했다. 그의 용모에 놀랐기 때문이다.

소년이라고 생각했던 그는 쉰 살가량의 남자였다. 주름투성이 가무잡잡한 작은 얼굴, 날카로운 코에 겨우 보일락 말락 한 갈색 눈을 하고 있었다. 게다가 곱슬곱슬하고 새까만 머리칼이 작은 머리 위에 마치 버섯 머리처럼 둥글게 덮여 있는 모습을 상상해보라. 사람 자체가 바싹 야위어 있는데다 허약해 보였으며, 그 기묘한 표정이란 도저히 글로 옮기기 힘든 정도였다.

"무슨 일이시지요?" 그가 내게 다시 물었다.

나는 그에게 사태를 설명했다. 그는 내게서 눈을 떼지 않은 채, 눈을 껌뻑이며 내 말을 듣고 있었다.

"새 굴대를 하나 구할 수 없겠소? 값은 기꺼이 쳐주겠소."

그러자 그는 나를 머리끝에서 발끝까지 훑어보더니 말했다.

"대체 뭐 하시는 분이지요?"

"사냥꾼이오."

"그렇다면 하늘의 새를 쏘시겠군요. 숲속의 짐승들도…… 하느님의 새를 죽이고 죄 없는 짐승의 피를 흘리게 하는 건 죄가 아닐까요?"

이 이상한 노인은 아주 느릿느릿 말을 끌었다. 그런데 그 목소리에 나는 놀랄 수밖에 없었다. 조금도 노인 목소리 같지 않았다. 놀라울 정도로 감미롭고 젊은 목소리였으며, 마치 여자의 목소리처럼 부드러웠다.

내가 말없이 있자 그가 다시 말했다.

"우리 집에는 굴대가 없습니다. 이곳 마을에는 나리의 마차처럼 큰 마차가 없으니 다른 집에서 구할 수도 없어요. 게다가 전부 일을 나갔고…….”

그가 다시 외투를 뒤집어쓰고 누우려 하자 내가 어떻게든 좀 도와달라고 통사정을 했다. 그러자 그가 말했다.

“정 그러시다면 벌목장에 모셔다드릴까요? 천벌이 무섭지도 않은지 상인들이 저 숲을 사들여서 나무를 자르고 사무실을 세웠지요. 정말 천벌 받을 놈들이지. 나리가 그곳에 가서 굴대를 만들어보시든지 아니면 만들어진 것을 사시든지…….”

“좋소. 벌목장까지 거리가 얼마나 되오?”

“3킬로미터쯤 됩니다.”

“자, 영감 마차로 좀 데려다주시오.”

노인은 주춤주춤 자리에서 일어나 나를 따라 큰길로 나왔다. 말에게 먹일 물이 시원치 않아서 화가 나 있던 마부는 노인의 모습을 보자 미소를 띠며 외쳤다.

“어, 카샤누시카! 잘 지내셨는가?”

“이거 예로페이 아닌가? 잘 있었나, 좋은 친구!”

나는 노인이 내게 해준 이야기를 마부에게 전해주었다. 그러자 마부는 마차를 노인 집 뜰 안으로 몬 다음 부지런히 말을 마차에서 풀었다. 노인은 어딘가 망설이는 표정이었고 우리가 갑자기 자기 집으로 쳐들어온 것을 달가워하지 않는 것 같았다.

카시얀

예로페이가 노인에게 말했다.

"당신 목수 마틴 알지요?"

"알지."

"그런데 그 사람이 죽었어요. 방금 그의 장례 행렬을 만나고 오는 길이에요."

카시얀은 오싹 몸서리를 쳤다.

"죽었다고?" 그 말을 하면서 그는 기운 없이 고개를 떨어뜨렸다.

"그래요, 죽었어요. 영감님, 왜 그 친구 병을 고쳐주지 않았어요? 영감님이 사람들 병을 고쳐준다고 하던데…… 의사라고 하던데……."

마부는 장난삼아 노인을 놀려대고 있는 투가 역력했다.

카시얀의 마차는 형편이 없었지만 어쨌든 나는 마차에 올랐고, 카시얀은 앞자리 마부석에 앉았다.

마차가 출발하기 전에 예로페이가 마차 옆 내 곁으로 다가오더니 내게 속삭였다.

"나리, 저 사람은 정말 이상한 사람입니다. 맛이 갔다고나 할까요? 별명이 벼룩입니다. 나리가 어떻게 저 사람을 구워삶았는지 모르겠습니다."

나는 예로페이에게 카시얀이 분별력 있는 사람 같다고 말했지만 그는 고개를 절레절레 흔들 뿐이었다. 예로페이를 남겨두고 카시얀과 나는 벌목장을 향해 출발했다.

　마차는 예상외로 잘 달려서 우리는 곧 벌목장에 도착했다. 나는 벌목장에 마차를 세운 후 사무실로 보이는 오두막으로 들어갔다. 그곳에는 두 명의 젊은 사무원이 앉아 있었다. 나는 그들과 굴대 흥정을 한 후 벌목장으로 갔다. 벌목장 숲에서 사냥을 할 속셈이었다. 나는 내가 사냥을 하는 동안 카시얀이 마차에서 나를 기다리리라고 생각했다. 그런데 뜻밖에도 카시얀이 나를 따라왔다.

　"새를 잡으러 가시는 겁니까?" 그가 물었다.

　"그렇소. 새가 있기만 하다면."

　"제가 함께 가도 괜찮을까요?"

　"물론이오."

　우리는 함께 떠났다. 벌목한 숲은 길이가 1킬로미터쯤 되었다. 솔직히 말하자면 나는 사냥개보다는 카시얀을 더 유심히 살펴보았다. 그가 '벼룩'이라고 불린 것은 일리가 있었다. 모자를 쓰지 않은 그의 검은 머리가 덤불 속 여기저기서 마치 번개처럼 번쩍번쩍하는 것 같았다. 놀랄 만큼 빨라서 마치 벼룩이

뛰는 것 같았던 것이다. 그는 연신 허리를 굽혀서 무슨 풀인가를 뜯어 안주머니에 집어넣었다. 또한 숲에는 작은 새들이 많았다. 새들은 나무와 나무 사이를 옮겨 다니며 재잘거리다가 갑자기 밑으로 내려오기도 했다. 그러면 카시얀은 새들의 울음소리를 흉내 내며 새들과 이야기를 나누었다. 메추라기가 그의 발밑에서 날아오르면 메추라기 울음소리를 흉내 냈고 종달새가 날개를 퍼덕이고 날아오르며 노래하면 카시얀은 종달새 울음소리로 그 노래를 받아넘겼다. 하지만 그는 나와는 단 한마디도 하지 않았다.

날씨는 여전히 좋았지만 참기 어려울 만큼 더웠다. 나는 카시얀과 함께 오랫동안 벌목장을 돌아다녔다. 하지만 사냥할 만한 새는 한 마리도 발견하지 못한 채 새로운 벌목장에 도착했다. 그런데 울창한 참나무 숲에서 뜸부기 한 마리가 날아올랐다. 나는 방아쇠를 당겼다. 뜸부기는 공중제비를 한 바퀴 돌더니 땅에 떨어졌다. 총소리가 울리자 카시얀은 황급히 두 손으로 눈을 가렸다. 그는 내가 총을 다시 장전하고 새를 주울 때까지 꼼짝도 하지 않았다. 내가 다시 앞을 향해 걸음을 옮기자 그는 새가 떨어져 있던 곳으로 다가가더니 몇 방울의 피가 떨어져 있는 풀 위로 몸을 굽혔다. 그러고는 고개를 절레절레 흔들며 겁먹은 눈초리로 나를 바라보았다. 잠시 후 등 뒤에서 그가 중얼거리는 소리가 들렸다.

"이건 죄야! ……아, 정말, 죄야!"

드디어 우리는 더위를 참지 못하고 숲으로 들어갔다. 카시얀은 벌목된 자작나무 밑동에 앉고 나는 풀 위에 누워 하늘을 바라보았다. 숲속에 누워 저 위를 바라보는 기분이란! 내 입가에는 저절로 미소가 흘렀고, 마음은 한없이 즐겁고 차분해졌다.

그때 갑자기 카시얀이 나를 불렀다.

"나리, 나리!"

나는 흠칫 놀라서 몸을 일으켰다. 이제껏 내가 말을 걸어도 아무 대답도 없던 그가 먼저 말을 걸어온 때문이었다.

"왜 그러오?"

"무엇 때문에 새들을 죽이시는 거지요?" 그는 내 얼굴을 똑바로 바라보며 물었다.

"무엇 때문이라니? 뜸부기는 사냥감이오. 먹을 수도 있고."

"그 때문이 아니잖습니까, 나리. 마치 드시려고 잡으신 것처럼 말씀하시다니. 그냥 재미로 잡는 거잖아요."

"어쨌든 영감도 거위나 닭을 먹지 않소?"

"그것들이야 하느님이 사람들 먹이로 주신 거지요. 하지만 뜸부기는 숲에서 사는 새지요. 그 새만 그런 게 아니지요. 숲과 들판과 강에, 그리고 늪 초원에도 야생 짐승들이 많이 있지요. 하늘 높이 날기도 하고 낮게 기어 다니기도 하고…… 그것들을 죽이는 건 죄입니다. 땅에서 제명까지 살게 내버려두어야 하지요. 사람에게는 다른 먹을 것과 마실 것이 마련되어 있잖아요. 신의 선물인 빵과 하늘에서 떨어지는 물…… 그리고 옛 조상으로부터 내려온 가축들……."

나는 놀라서 카시얀을 바라보았다. 그의 입에서는 거침없이 말이 술술 흘러나오고 있었다. 그는 적당한 단어를 찾기 위해 망설이지 않았다. 그는 이따금 눈을 감으며 조용히 영감에 사로잡힌 듯 위엄을 띤 어조로 말했다. 하지만 그의 어조는 부드럽고 정중했다.

내가 그에게 물었다.

"영감 말대로라면 물고기를 죽이는 것도 죄가 되겠군."

그러자 그가 확신에 찬 어조로 대답했다.

"물고기의 피는 차갑지요. 물고기는 말이 없는 생물입니다. 물고기는 무서운 것도 모르고 기뻐할 줄도 모릅니다. 그에게는 목소리가 없어요. 물고기는 감정이 없고, 그 속의 피도 살아 있는 게 아닙니다…… 그래요, 피는……."

그는 잠시 말을 멈춘 후 계속했다.

"피는 거룩한 겁니다. 피는 햇빛을 보지 않지요. 피는 빛을 피합니다…… 피를 세상 밖에 내보이는 건 죄입니다. 정말 큰 죄고 무서운 일이지요…… 너무나 큰 죄!"

그는 한숨을 내쉬며 고개를 떨어뜨렸다. 고백하지만 나는 정말로 놀라서 이 신기한 노인을 바라보았다. 그의 말투는 전혀 농부의 말투가 아니었다. 보통 사람은 도저히 그런 말투를 쓸 수 없으며, 아무리 말을 잘하려고 애를 쓰는 사람도 흉내 낼 수 없는 말투였다. 그의 말은 사려가 깊었으며 신중했고, 흥미를 자아내기도 했다. 나는 이제까지 그런 말을 들어본 적이 없었다.

나는 약간 홍조 띤 그의 얼굴에서 눈을 떼지 않은 채 말했다.

"카시얀, 한 가지 묻지. 영감은 주로 무슨 일을 하면서 지내고 있소?"

그는 내 질문에 즉각 대답하지 않았다. 그의 눈길에 잠시 당황한 기색이 나타났다.

"주님의 뜻대로 살고 있지요." 마침내 그가 입을 열었다. "하는 일이라곤…… 그래요, 하는 일이라고는 없습니다. 어릴 때부터 뭐 잘하는 게 없어서…… 그럭저럭 손에 잡히는 일을 하고 있습지요. 하긴 저는 일을 잘할 수도 없습니다요. 건강도 별로 안 좋고 손도 서투르기만 해서. 고작해야 봄에 나이팅게일을 잡는 정도지요."

"나이팅게일을 잡는다고? 방금 영감은 숲이나 들판에 사는 야생 동물을 잡아서는 안 된다고 하지 않았소?"

"물론 죽이면 안 되지요. 그렇지 않아도 언젠가는 한번 죽게 되어 있으니 말입니다. 목수 마틴을 보세요. 그는 세상에 태어났지만 그의 목숨은 길지 못했습니다. 그의 아내는 슬퍼서 울부짖고 있지요. 사람이건 짐승이건 죽음을 피할 수 있는 마법은 없습니다. 죽음은 서둘러 오지도 않지만 피할 수 있는 것도 아니지요. 그러니 죽도록 도와주는 일은 할 필요도 없고 해서도 안 됩니다…… 저는 나이팅게일을 죽이지 않습니다. 어찌 그런 일을! 저는 나이팅게일을 괴롭히거나 죽이려고 잡는 게 아닙니다. 사람들을 즐겁게 하고 기쁘게 해주기 위해서 잡는 거지요."

"그렇다면 그걸 사람들에게 판단 말이오?"

"좋은 사람들에게 그냥 넘겨줍니다."

"그 외에는 하는 일이 없소?"

"워낙 손재주가 없어서, 별로 하는 일이 없습니다. 대신 읽고 쓸 줄은 알지요."

"아, 글을 읽을 줄 안다고? 그래, 영감에게는 가족이 없소?"

"없습니다."

"어떻게?……가족들을 모두 잃었단 말이요?"

"아닙니다…… 어쨌든 살면서 좀 운이 없었다고 할 수 있지요. 하지만 그 모든 것은 다 하느님의 뜻에 달린 겁니다. 우리는 모두 주님의 품 안에서 살고 있습니다. 그러니 사람은 모두 정직해야 합니다. —그게 다예요! 하느님 앞에서 정직해야 해요."

"가족이 없다면 친척은 있소?"

"있지만…… 그게……." 노인은 말을 얼버무렸다.

나도 노인을 따라 잠시 침묵을 지키다가 다시 물었다.

"영감, 이리로 이주한 지 오래됐소?"

"아뇨, 한 4년쯤 됩니다."

"그전에는 어디서 살았소?"

"크라시바야 메치입니다. 여기서 한 100킬로미터쯤 떨어진 곳이지요."

"어때요, 거기서는 더 살기 좋았던가?"

"그야, 물론 좋았지요. 강들이 있는 탁 트인 곳이었으니까요. 여긴 좀 건조한데다, 답답하기도 해서…… 거기선 언덕에 올라

가면 강이 보이고 초원이 펼쳐져 있고, 숲이 있고, 저 멀리 교회가 보이고, 그 너머로 다시 숲이……."

"영감, 솔직히 말해봐요. 고향에 다시 한번 가보고 싶지?"

"한번 가보고 싶기는 하지요. 하지만 꼭 거기가 아니더라도 어디든 다 좋은 곳이랍니다. 제게는 일가붙이도 없으니 이웃도 없는 셈이지요. 게다가 집에만 있어서야 얻는 게 뭐 있겠습니까? 이렇게 걷고 또 걷다보면 정말 기분이 좋아지지요. 햇살이 비치겠다, 하느님이 굽어보시겠다, 저절로 노래가 나오지요. 여기저기 아름다운 풀이 자라고 있고, 샘이 흐르고, 하늘에서 새들이 노래하고…… 저는 저 광활한 쿠르스크 초원에도 가보았지요. 그 초원은 따스한 바다까지 이어진다고 하던데…… 그 바닷가에는 아름다운 목소리를 가진 새도 있고, 한겨울에도 나뭇잎이 떨어지지 않으며, 은빛 나뭇가지에는 황금빛 사과가 무르익고, 사람들은 모두 정직하게 잘 지내고 있다고 하던데…… 그런 곳에 한번 가보았으면…… 하긴 저는 꽤 돌아다닌 셈이지요. 로몌에도 가봤고, 예쁜 도시 심비르스크에도 가봤고…… 황금빛 돔이 있는 모스크바에도, 만물의 젖줄인 오카강, 정다운 투나강, 어머니 같은 볼가강에도 갔었지요. 거기서 많은 사람을 만나고, 기독교 신자들도 만나고, 정직한 사람들도 만났답니다. 아, 그곳에 한번 더 가보았으면…… 죄를 많이 지은 저만 그러는 게 아니지요…… 다른 많은 기독교 신자들이 짚신을 신고 세상을 돌아다니며 진리를 찾고 있으니까요…… 그러니 뭣 하러 집에만 머물러 있단 말입니까? 인간 안에는 정직이 없습니다. 네, 바로 그겁니다.”

카시얀은 이 마지막 말을 거의 알아들을 수 없을 정도로 빠르게 했다. 그런 후 그는 몇 마디 더 했는데 더 이상 알아들을 수 없었다. 그 표정이 정말 이상해서 예로페이의 표현대로 ‘맛이 간’ 사람을 앞에 두고 있는 느낌이었다.

그는 스르르 눈을 감고 기침을 한 번 했다. 그제야 제정신이 돌아온 듯했다. 그는 잠시 침묵을 지키더니 나직이 노래를 부르기 시작했다. 느릿느릿한 노래를 전부 알아들을 수는 없었지만 다음과 같은 가사는 알아들을 수 있었다.

내 이름은 카시얀
하지만 내 별명은 벼룩이라네.

‘오, 저 영감이 직접 작사한 노래로군.’ 나는 생각했다.
그때였다. 그가 갑자기 놀란 듯 노래를 멈추더니, 숲속을 뚫어지듯 바라보았다. 나는 그쪽으로 고개를 돌렸다. 그러자 머리에 수건을 둘러쓴 일곱 살 정도의 소녀가 손에 나무껍질로 만든 바구니를 든 채 서 있는 것이 보였다. 소녀는 우리를 만나게 되리라고는 꿈에도 생각하지 못한 것 같았다. 소녀는 꼼짝도 않고 까만 눈으로 나를 바라보더니 재빨리 나무 뒤로 숨었다.

노인이 소녀에게 다정하게 말했다.

"안누시카! 안누시카! 이리 온. 무서워할 것 없단다."

"무서워요." 소녀가 날카로운 목소리로 말했다.

"자, 무서워할 것 없어. 어서 이리 와."

안누시카는 조용히 나무 뒤에서 나오더니 노인 가까이 있던 수풀 속에서 모습을 드러냈다. 키가 작아서 일곱 살 정도 소녀로 보았는데, 자세히 보니 열서넛은 돼 보였다. 전체적으로 작고 야윈 모습이었지만 말쑥하고 단아한 느낌을 주었다. 그런데 그 조그맣고 예쁜 얼굴은 놀랄 만큼 카시얀과 닮아 있었다. 가느다란 얼굴, 기묘한 표정, 부끄러워하는 것 같으면서도 사람을 믿는 것 같은 모습, 우수에 젖은 듯하면서도 영리해 보이는 모습, 심지어 몸짓까지도 카시얀과 똑 닮아 있었다.

노인이 소녀에게 물었다.

"버섯을 따고 있었니?"

"네." 소녀는 수줍은 듯 미소를 띠고 말했다.

"어디 좀 보여다오."

소녀는 바구니를 내리더니 버섯을 덮고 있던 커다란 우엉잎을 들어 보였다.

"야, 많이 땄구나! 잘했어." 노인이 말했다.

나는 참지 못하고 카시얀에게 물었다.

"영감, 영감 딸이오?"

"아뇨, 그냥 친척입니다." 카시얀을 대수롭지 않다는 듯 대답했다. 그리고 안누시카에게 말했다.

"자, 얘야. 이제 가보도록 해라."

나는 그에게 마차로 함께 태워 데려가지 왜 그냥 보내느냐고 묻고 싶었지만 참았다.

안누시카는 재빨리 숲속으로 사라졌다. 사라진 그 애를 바라보는 카시얀의 눈길에 더할 나위 없는 애정이 깃들어 있었다.

소녀가 사라진 후 나는 카시얀과 함께 벌목장에서 사냥을 했다. 하지만 소득이 전혀 없었고, 결국 뜸부기 한 마리와 새로 산 굴대만 가지고 마을로 돌아왔다.

마차가 마당으로 들어설 때 카시얀이 갑자기 내게 고개를 돌리며 말했다.

"나리, 제가 나리께 잘못을 저지른 걸 모르시지요? 새들을 쫓아 보낸 건 바로 저랍니다."

"그게 무슨 소리요?"

"저는 새를 쫓아 보낼 수 있어요. 나리께는 훈련 잘된 개가 있지만 어떻게 할 도리가 없었을 겁니다."

나는 주문으로 새를 쫓아버릴 수는 없는 법이라고 카시얀에게 말하고 싶었지만 참았다. 마차는 이미 대문 안으로 들어서고 있었다.

안누시카는 집에 없었다. 버섯이 담겨 있는 바구니를 집에 둔 채 어디론가 나가버렸다. 예로페이는 내가 새 굴대를 너무 비싸게 샀다고 투덜대며 굴대를 마차에 달았다. 한 시간 뒤 우리는 마을을 떠났다. 떠나면서 나는 굳이 사양하는 카시얀에게 얼마간 돈을 쥐여주었다.

나는 돌아오는 길에 예로페이에게 물었다.

"이보게, 카시얀은 대체 어떤 사람이지?"

그는 즉시 대답하지 않았다. 그는 평소에는 사려가 깊고 침착한 친구였다. 하지만 나의 이 질문이 그를 기분 좋게 만들었는지 고삐를 잡아당기며 말했다.

"벼룩 말입니까? 이상한 영감이지요. 좀 미쳤다고나 할까요.

그런 괴짜는 세상에 둘도 없을 겁니다. 일도 할 줄 모르고……
제가 이웃에 살았기 때문에 잘 알아요. 어릴 때부터 그 모양이
었답니다. 처음에는 마차를 몰았던 것 같은데, 금세 집어치우고
말았어요. 정말 벼룩처럼 한 군데 붙어 있지를 못해요. 다행히
주인이 마음이 좋아서 별 고생은 하지 않았지요. 평생 길 잃은
양처럼 떠돌아다닌답니다. 정말 이상한 사람이라서 어떨 때는
말뚝처럼 한마디 말도 하지 않다가, 어떨 때는 무슨 소린지 하
나도 못 알아먹을 소리를 막 지껄인답니다. 좀 못돼먹은 짓 아
닌가요? 정말 이상한 친구예요. 그래도 노래는 잘 불러요."

"그런데 안누시카라는 소녀는 누구지? 친척인가?"

예로페이는 어깨 너머로 나를 바라보며 이를 드러내고 씽긋
웃었다.

"아, 네, 친척이요? 그렇지요, 친척이에요. 그 애는 고아라서
엄마가 없지요. 엄마가 누군지도 아무도 모르고…… 암튼 둘
이 판에 박은 듯 닮았으니 친척이 틀림없을 거예요. 아주 영리
하고 좋은 애랍니다. 카시얀은 그 애를 끔찍이도 사랑하고……
글쎄, 믿으실지 모르겠지만 카시얀이 그 애에게 글을 가르치겠
다는 거예요. 정말 이상한 친구라니까."

우리는 날이 완전히 저문 뒤에야 집으로 돌아왔다.

# 영지 관리인

　　내 영지에서 15킬로미터쯤 떨어진 곳에 근위장교 출신의 젊은 지주, 아르카티 파블리치 페노치킨이라는 사람이 살고 있다. 그의 영지에는 사냥감들이 득실거렸으며, 저택은 프랑스식 건물이었고 하인들은 영국식 복장을 하고 있었다.

　그는 양식을 갖춘 사람이었으며 현실감각도 있는 사람이었다. 누구나 받는 훌륭한 교육을 받았으며 군 복무도 했고 상류사회 사람들과도 어울렸었다. 그리고 지금은 영지 경영에 힘을 쏟고 있으며 적잖이 성공을 거두었다.

　아르카티 파블리치는, 자신의 말에 의하면, 엄격하면서도 공정한 사람이었다. 그는 자신이 거느리고 있는 농민들의 복지를 위해 힘쓰고, 그들에게 벌을 주는 것도 바로 그 때문이라고 말하곤 했다. 그리고 이렇게 덧붙였다.

"어린애 다루듯 그들을 다루어야 합니다. 그들은 무식하며, 바로 그 점을 염두에 두어야만 합니다."

하지만 정작 농노를 벌주어야만 하는 난처한 상황에 부닥치게 되면 그는 목소리를 높이거나 난폭하고 격앙된 행동을 피했다. 그는 조용한 목소리로 "이보게, 내가 이렇게 하라고 일렀을 텐데"라고 말하거나, "아니, 왜 그래? 생각 좀 해보게나"라고 말하며 이를 살짝 깨물고 입을 삐죽거릴 뿐이었다.

그는 키는 그다지 크지 않은 편이었지만 풍채가 좋았고 얼굴도 잘생긴데다 손과 손톱은 늘 잘 손질되어 있었으며, 한눈에도 건강해 보이는 붉은 입술과 빰을 하고 있었다. 옷도 훌륭하게 차려입었고, 프랑스 책과 그림, 신문 들을 주문해서 보았다. 하지만 솔직히 말하자면 책을 그다지 좋아하는 편은 아니었다. 대신 카드놀이에는 일가견이 있었다. 한마디로 아르카티 파블리치는 이 고장에서 가장 교양 있는 귀족이며, 최고 신랑감으로 물망에 오르고 있는 사람이었다.

그는 겨울에는 페테르부르크에 가서 지냈다. 하지만 그가 있으나 없으나 저택은 놀라울 정도로 깨끗하게 정리되어 있었다.

영지 관리인

**83**

뿐만 아니라 하인들도 모두 깨끗했으며 마부들도 날마다 말고삐를 닦았고 외투를 손질했으며 자주 세수를 했다. 아르카티 파블리치는 향수 냄새 풍기는 수염 사이로 상냥하게 한 마디 한 마디 만족스럽게 말을 흘려보냈으며 말끝마다 'Mais c'est impayable(정말 멋지군요)!'이라든지 'Mais comment donc(물론이지요)!' 등과 같은 프랑스어 표현을 쓰곤 했다.

하지만 나는 그를 방문하는 것이 그다지 마음에 내키지 않았다. 만일 그의 영지에 뇌조나 자고새가 없었다면 그와의 모든 교제를 끊었을지도 모른다. 그의 집을 방문하면 뭔가 불편했기 때문이다. 대접도 극진하고 모든 것이 편안하지만 조금도 즐겁지 않은 것이다. 사냥을 끝내고 돌아온 저녁이면 언제나 머리가 곱슬곱슬한 하인이 문장이 새겨진 파란 단추를 단 외투를 입은 채 비굴할 정도로 아첨하며 점잖게 장화를 벗겨준다. 하지만 그럴 때마다 나는 이 창백하고 야윈 얼굴 대신, 이제 갓 머슴에서 벗어난, 열 군데 이상 실밥이 터진 무명 저고리를 입은 젊고 건장한 젊은이의 커다란 광대뼈와 주먹코가 나를 맞아주면 얼마나 좋을까 생각하곤 했다. 만일 그렇게만 된다면 나는 정말 기쁜 마음으로 장화뿐 아니라 내 허벅지까지 뽑혀나갈 정도로 난폭한 행동도 기꺼이 받아들였으리라.

아르카티 파블리치를 그렇게 별로 좋아하지 않았으면서도 언젠가 한번 그의 집에서 하룻밤을 지낸 적이 있었다. 다음 날 나는, 일찍 떠날 요량으로 마차를 대기시켰다. 하지만 그는 영국식 조반을 대접하지 않고는 보낼 수 없다며 나를 붙잡았다. 깨끗하게 차려입은 하인이 신속하게 갖다준 커틀릿, 달걀 반숙, 버터 바른 빵을 차와 함께 들고 나서 나는 자리에서 일어났다. 그러자 그가 내게 말했다.

"아니, 왜 벌써 일어나십니까? 더 계시다 가시지요."

"아닙니다. 이제 가봐야 합니다."

"정말, 사냥밖에 모르시는군요. 그래요, 당신은 사냥꾼이니 별수 없지요. 그런데 지금 어디로 가실 건가요?"

"이곳에서 40킬로미터 정도 떨어진 랴보요로 갑니다."

"랴보요요? 이거 정말 잘됐네요. 저와 함께 가시죠. 랴보요는 제 영지 슈피로프카에서 5킬로미터밖에 안 됩니다. 좀처럼 시간을 낼 수가 없어서 꽤 오랫동안 가보지 못했는데…… 아주 잘된 일이에요. 낮에는 랴보요에서 사냥을 하시고 저녁에는 저를 찾아오세요. 저녁을 함께 드시지요. 요리사도 데리고 가겠습니다." 그러더니 그는 내 대답을 듣지도 않고 프랑스어로 덧붙였다. "C'est arrangé(결정된 겁니다)!"

그는 마차를 준비하라고 명령한 후, 프랑스 노래를 흥얼거리며 내게 말했다.

"당신께서 아실 리는 없겠지만, 저는 그쪽 영지는 소작료를 받으며 운영하고 있습니다. 이곳 관습이니 도리가 없지요. 소작료는 꼬박꼬박 받고 있으니까요. 솔직히 노역제로 운영하고 싶지만 땅도 그리 넓지 않아서…… 사실 농민들이 어떻게 그런 걸 다 감당하는지 신기하기도 합니다. 하지만 c'est leur affaire(그건 그들 일이지요)! 그곳 관리인은 정말 뛰어난 사람이에요. 머리도 좋은데다 영지 경영에 있어 수완이 이만저만이 아니지요. 보시면 아시게 될 겁니다……."

나는 그의 말을 따르는 수밖에 없었다. 우리는 아침 9시에 떠날 예정이었으나 오후 2시가 되어서야 겨우 출발할 수 있었다. 멋쟁이 아르카티 파블리치가 속옷, 온갖 갈아입을 옷, 향수, 쿠션, 화장 도구 등 검소하고 알뜰한 독일인이라면 1년은 족히 쓰고도 남을 물품들을 챙겼기 때문이다.

이윽고 마차가 출발했고, 저녁 늦게 우리는 마을에 도착할 수 있었다. 우리가 마을 초입에 들어서자 토지관리 반장이 말을 타고 우리를 마중 나와 있었다. 우리보다 몇 분 먼저 도착한 요리사가 그에게 미리 언질을 준 덕분이었다. 관리 반장은 영

지 관리인의 아들로 머리칼이 붉은 6척 장신의 건장한 청년이
었다. 그는 주인을 보자 말에서 훌쩍 뛰어내리며 공손히 주인
에게 절을 했다.

"소프론은 어디 있나?" 아르카티 파블리치가 물었다.

그러자 관리 반장은 소프론이 지금 페로프에 가 있지만 이미
그를 불러오려고 사람을 보냈다고 대답했다.

우리는 마을로 들어섰다. 가는 길에 우리는 빈 달구지를 타
고 탈곡장에서 돌아오는 농부 몇 명과 마주쳤다. 어깨를 들썩
이며 장단 맞춰 노래를 부르던 그들은, 우리가 탄 마차와 말을
타고 있는 관리 반장을 보더니 이내 입을 다물었다. 그리고 일
제히 모자를 벗고는, 마치 명령을 받으려는 듯 그 자리에서 일
어섰다. 아르카티 파블리치는 미소를 지으며 고개를 까딱했다.
분명 마을 전체가 뭔가 흥분의 물결로 술렁이는 것 같았다. 아
낙네들은 눈치도 없이 짖어대는 개들에게 막대기를 집어 던졌
으며, 말에게 물을 먹이고 있던 한 절름발이 노인은 아무 이유
도 없이 말 옆구리를 후려갈긴 뒤 아르카티 파블리치에게 공손
하게 절을 했고, 아이들은 소리를 지르며 집 안으로 뛰어들어
숨어버렸다.

관리인의 집은 푸른 대마밭 한가운데, 다른 집들과 떨어져

있었다. 관리인의 아내가 공손히 절하며 우리를 맞이하고 주인의 손에 입을 맞추었다. 마부들은 저마다 조심하면서 물건들을 방으로 들여놓았다.

그사이 아르카티 파블리치는 관리 반장에게 작황, 파종 상황, 기타 여러 가지 농사일에 관해 물어보았다. 관리 반장은 만족할 만한 답변을 했으나 마치 저린 손으로 저고리 단추를 채우는 것처럼 뭔가 어색한 데가 있었다.

그때 갑자기 마차 소리가 들리더니 계단 아래 멈춰 섰다. 잠시 후 관리인이 안으로 들어섰다. 아르카티 파블리치의 표현에 의하면 '수완이 이만저만이 아닌' 그는, 키는 작았지만 어깨가 딱 벌어진 백발이 성성한 노인이었다. 그의 코는 붉었으며 작고 푸른 눈이었고 부채꼴의 수염을 기르고 있었다.

지나는 길에 한마디하자. 러시아가 생긴 이래 부귀영화를 누린 사람 치고 짙고 풍성한 수염이 없었던 경우는 없다. 평생 초라한 쐐기 수염만 길러온 사람이라도 갑자기 돈을 벌게 되면 마치 후광처럼 수염이 온 얼굴을 덮어버린다. 도대체 그 많은 수염은 어디에서 오는 것인지!

관리인은 페로프에서 한잔 걸치고 온 것 같았다. 얼굴이 불콰했으며 술 냄새를 물씬 풍기고 있었다.

"오, 저희의 구세주! 자비로우신 나리!" 그는 마치 노래라도 부르듯 말했다.

그의 얼굴은 마치 금세 눈물이라도 쏟아질 것 같은 감격스러운 표정을 짓고 있었다.

"오오, 마침내 이렇게 영광스럽게도 저희를 찾아주셨군요…… 나리, 손을, 제발 손을 내주십시오." 그는 입술부터 내밀며 덧붙였다.

아르카티 파블리치는 그의 소원을 들어주었다. 그리고 다정한 목소리로 말했다.

"나의 소프론, 어떻게 지냈는가? 별일은 없었는가?"

"오, 나리! 어찌 별일이 있을 수 있겠습니까? 나리께서, 자비로우신 은인이신 나리께서 왕림하셔서 이 마을을 밝혀주시고, 저희가 죽을 때까지 저희를 행복하게 해주시는데! 정말 감사드립니다, 주인 나리! 정말 고맙습니다! 나리의 자비심 덕분에 모두 잘 지내고 있습니다."

그는 그렇게 찬사를 늘어놓고도 모자란 듯 연방 아버지 같은 분, 하해와 같은 은혜 등의 말을 늘어놓았다. 아르카티 파블리치는 나를 돌아보며 프랑스어로 "N'est-ce pas que c'est touchant(정말 감동적이지요)?"라고 말했다.

그러자 소프론이 다시 말했다.

"그런데 나리, 이러셔도 되는 건가요? 이렇게도 제 억장이 무너지게 하시다니. 오신다는 전갈도 주시지 않고 이렇게 갑자기 오시다니! 당장 오늘 밤 어디서 묵으실 건지요? 보시다시피 이곳은 누추하고 더러워서……."

그러자 아르카티 파블리치가 미소를 지으며 대답했다.

"됐네, 소프론, 됐어. 여기면 충분해."

"하지만 나리, 도대체 누구에게 충분하다는 말씀이신지요? 저희 같은 농사꾼들에게야 물론 충분합지요. 하지만 나리께는…… 오, 나리, 우리의 보호자이신 나리…… 오, 나리…… 저같이 늙은 바보를 너그러이 용서해주시길…… 너무 기뻐서 정신이 돈 것 같습니다…… 정말 돌았어요."

그러는 사이 저녁 식사가 준비되었고 식사를 하는 동안 소프론은 여전히 나리, 하느님, 보호자, 은인 등의 단어를 남발하며 아르카티 파블리치를 치켜세우는 데 정신이 없었다. 그리고 영지에서 있었던 자그마한 사건들을 보고하고, 그 사건들을 어떻게 자신이 능숙하게 처리했는지에 대해서도 보고를 했다. 아르카티 파블리치는 가끔 나를 돌아보며 "Quel gaillard(대단한 놈 아닙니까)!"라고 말하며 눈짓을 하곤 했다.

이튿날 아침 우리는 매우 일찍 일어났다. 나는 일찍 랴보요로 떠날 예정이었다. 그런데 아르카티 파블리치가 내게 자기 영지를 보여주고 싶어했다. 나는 그의 청을 받아들였다. 내심이 수완가 관리인의 솜씨를 한번 돌아보고 싶었던 것이다.

이윽고 관리인이 나타났다. 그는 파란 외투 차림에 허리에는 붉은 스카프를 두르고 있었다. 그는 어제보다는 말수가 적었다. 대신 주의 깊은 눈으로 주인의 얼굴을 바라보며 묻는 말에 조리 있게 답변을 했다. 모든 면에서 뭔가 부족해 보이는 관리 반장—그의 아들—이 우리와 동행했다.

우리는 함께 탈곡장, 곡식 창고, 건조장, 헛간, 풍차, 가축우리, 채소밭, 대마밭 등을 둘러보았다. 들은 대로 모든 곳이 잘 정리되어 있었다. 딱 한 가지 농부들의 무표정한 얼굴이 얼마간 신경이 쓰일 뿐이었다. 관리인은 실속뿐 아니라 주변 환경에도 신경을 쓴 것 같았다. 도랑가에는 버드나무를 빽빽하게 심어놓았고, 탈곡장 낟가리 사이에도 오솔길을 내고 고운 모래를 깔아놓았다. 그뿐 아니었다. 물레방앗간에는 곰이 혀를 내민 모양의 풍향계를 설치했으며 가축우리에도 벽에 그리스식의 박공을 붙이고 그곳에 흰 글자로 '1840년 슈피로프카 마을에 건립'이라고 써놓았다.

신이 난 아르카티 파블리치는 프랑스어로 소작제도가 얼마나 좋은지 떠들어대기 시작했다. 하지만 역시 노역제가 낫다고 덧붙이는 것을 잊지 않았다. 그는 가끔 관리인에게 감자 재배법, 가축 사료 제조법에 대해 시시콜콜 조언했다. 소프론은 주인 말에 주의 깊게 귀를 기울이긴 했지만 전날처럼 아버지와 다름없는 은혜로운 분이라고 치켜세우지는 않았다.

농지들을 둘러본 후에 우리는 아르카티 파블리치의 제안에 의해 숲으로 갔다. 숲은 빽빽하게 우거져 있었고 들새도 많았다. 거기에서도 주인은 소프론을 칭찬하며 어깨를 두드려주었다. 삼림 구경을 마친 후 소프론은 마지막으로 얼마 전 모스크바에서 들여온 풍구(곡물에 섞인 쭉정이, 겨, 먼지 따위를 날려서 제거하는 농기구)를 보여주겠다며 우리를 곡식 창고로 안내했다. 풍구는 그가 자랑할 만큼 성능이 좋았다. 하지만 이 마지막 구경이 끝난 뒤 뜻밖의 불쾌한 일이 우리를 기다리고 있었다. 만일 소프론이 그런 일이 일어날 것을 알았다면 거기까지 우리를 안내하지는 않았으리라.

우리가 곡식 창고에서 나왔을 때 창고 앞의 물웅덩이 옆에 농부 두 명이 서 있었다. 한 명은 예순 줄에 접어든 노인이었고 다른 한 명은 20대 젊은이였다. 둘 다 누덕누덕 기운 옷을 입었고 맨발이었다. 그들 옆에는 서기 페다세예비치와 관리 반장이 난감한 표정으로 서 있었다.

아르카티 파블리치가 나오자 둘은 잠자코 그의 발밑에 엎드렸다.

"무슨 일인가? 뭘 청하려고 하는 건가?" 아르카티 파블리치가 엄숙한 목소리로 물었다.

하지만 농부들은 서로의 얼굴만 쳐다볼 뿐 입을 열지 못했다. 아르카티 파블리치는 "도대체 무슨 일이냐니까?"라고 다시 물어보면서 소프론을 향해 고개를 돌리고 말했다.

"누구네 가족인가?"

"토볼레프 가족입니다." 관리인이 느릿느릿 대답했다.

"그래, 원하는 게 뭐야?" 아르카티 파블리치가 다시 물었다. "그래, 혀가 없는 거야, 뭐야? 자, 어서 말해보라니까. 겁먹을 것 없어."

노인이 새까맣게 볕에 탄 주름투성이 목을 길게 뽑으며 천천히 입을 열었다.

"나리, 살려주십시오."

그가 절을 하자 젊은 농부도 따라서 절을 했다. 아르카티 파블리치는 농부들의 목덜미를 내려다보며 몸을 뒤로 젖힌 채 다리를 벌리고 서 있었다.

"무슨 일인가? 누구에게 불만이 있는 거야?"

"나리, 자비를 베풀어주십시오! 숨 좀 쉴 수 있게…… 저희는…… 짓밟혀서…… 죽을 정도로 고통 받고 있습니다." 노인은 어렵사리 말을 마쳤다.

"누가 자네를 괴롭히는데?"

"소프론 야코블리치입니다요, 나리."

주인은 잠시 말이 없다가 다시 입을 열었다.

"자네 이름은 뭔가?"

"안치프입니다, 나리."

"이쪽은 누구고?"

"제 아들놈입니다요, 나리."

아르카티 파블리치는 다시 말없이 턱수염을 쓰다듬었다. 그러더니 노인을 내려다보며 입을 열었다.

"그래, 소프론이 어떻게 괴롭혔다는 거지?"

"나리, 저희 집안을 풍비박산으로 만들었습니다요. 제 두 아들을 순서도 되지 않았는데 군대에 보내더니 이제 셋째마저 보내려 하고 있습니다요. 나리, 어제는 한 마리밖에 없는 암소도

빼앗기고, 제 마누라는 실컷 두들겨 맞았지요. 저기 저 사람이 그랬습니다요, 나리."

그는 손가락으로 관리 반장을 가리켰다.

아르카티 파블리치가 "으흠!" 하며 헛기침을 하자 노인이 다시 빌었다.

"나리, 제발 자비를 베푸시어, 저희 집안을 박살 내지 말아주십시오."

아르카티 파블리치 페노치킨은 눈살을 찌푸렸다. 그리고 관리인에게 불쾌한 표정을 지으며 나직이 물었다.

"이게 도대체 무슨 소리지?"

그러자 관리인이 침착한 목소리로 대답했다.

"술주정뱅이입니다, 나리. 게다가 게으름뱅이이기도 하고요. 벌써 5년째 소작료를 내지 않고 있습니다."

"나리, 소프론이 제가 연체한 소작료를 대신 냈습니다요. 벌써 5년 전부터…… 그러니까…… 그 대신 저를 노예처럼 부려먹고…… 이제는……."

"아니, 연체는 왜 하게 된 거야?" 아르카티 파블리치가 위협하듯 묻자 노인은 고개를 떨어뜨렸다.

"분명히 술을 좋아해서 술집이나 싸돌아다닌 거겠지." 지주가 내뱉듯 말했다. 그러자 노인은 입을 열어 뭔가 말을 하려 했다. 그러나 아르카티 파블리치가 틈을 주지 않고 계속했다.

"술 마시고 벽난로 옆에 누워 뒹굴뒹굴하는 짓 외에는 하는 게 없지! 그러니 성실하고 정직한 농부들이 너 같은 놈들 몫을 떠맡아야 하는 거야!"

그러자 관리인이 한몫 거들었다.

"게다가 건방지게 분수도 모르지요."

"나도 잘 알아. 그러기 마련이야! 한두 번 겪은 게 아니야. 한 해 내내 빈둥거리고 술이나 마시다가 건방지게 발밑에 엎드려서는……."

그러자 노인이 필사적으로 말했다.

"나리, 자비를 베풀어주십시오. 제가 건방지다고요? 오오, 하느님! 맹세하지만 제게는 그럴 만한 힘도 없습니다요. 소프론은 저를 미워합니다. 무슨 이유에서인지…… 하느님만이 아시겠지요…… 그리고 아예 우리 집을 짓밟으려고…… 제 막내를…… 이제…… 제 막내까지…… 그……." 노인의 눈이 눈물로 반짝였다. "나리, 제발 저를 불쌍히 여기셔서 자비를 베풀어주십시오."

그러자 그때까지 입을 닫고 있던 아들이 입을 열었다.

"저희만 이렇게 당하는 게 아닙니다, 나리."

아르카티 파블리치가 버럭 화를 냈다.

"누가 네게 물었어? 묻기 전까지는 아가리 닥치고 있어야지…… 도대체 이게 무슨 소리야? 얌전히 있지 못해! ……도대체 참을 수 없군…… 이건 모반이야! 안 되지! 내 영지에서 모반을 그냥 둘 수는 없지…… 내 영지에서…….."

그는 잠시 내게 눈길을 돌리고 프랑스어로 대단히 실례했다, 바로 이런 게 농사꾼들의 못된 면이다, 라고 말한 후 농부들에게 눈길도 주지 않은 채 말했다.

"됐어, 이제 됐다고. 자, 이제 가보라고."

아르카티 파블리치는 "그저 자나 깨나 불평불만이지"라고 내뱉으며 등을 돌린 후 집 쪽을 향해 성큼성큼 걸어가기 시작했다. 소프론이 그 뒤를 따랐고, 탄원했던 농부들은 그 자리에 잠시 더 서 있다가 고개를 푹 숙이고 자기들 집을 향해 천천히 걸어갔다.


두 시간 후 나는 랴보요에 도착했다. 그리고 그곳에서 평소 친하게 지내던 농부 안파지스트와 함께 사냥 준비를 했다. 나는 안파지스트에게 슈피로프카의 농부와 페노치킨 씨 이야기를 들려준 후, 그곳 관리인을 아느냐고 물어보았다.

"소프론 야코블리치 말입니까? ……흥!"

"그래, 어떤 사람인가?"

"사람도 아니지요. 개 같은 놈이에요. 그런 개자식은 여기부터 쿠르스크까지 샅샅이 뒤져도 찾을 수 없을 겁니다."

"정말? 아니 왜?"

"슈피로프카의 명목상 주인은, 그 뭐더라, 아, 페노치킨 씨지요? 하지만 실질적인 주인은 소프론이에요."

"설마!"

"자기 재산인 양 주인 노릇을 한다니까요. 그곳 농부들은 모두 그에게 빚을 지고 있어요. 그리고 마치 노예처럼 그놈을 위해 일을 한다니까요. 별별 일을 다 해야 해요…… 정말 온갖 욕을 다 보고 있지요."

"그곳에는 땅이 부족하다고 하던데? 뭐 그리 일이 많겠어?"

"부족하다니요? 다른 마을에서 200헥타르나 빌려서 쓰고 있고, 그 외에 150헥타르나 더 있는데요. 게다가 어디 농산물 수확물만 있나요? 말 기르지, 가축도 치지, 타르에 버터도 만들지, 삼베도 짜지, 이런 거, 저런 거 안 하는 게 없는데…… 더럽게 영악한데다 돈도 있지…… 게다가 농부들을 마구 때리고…… 정말 개 같은 놈이에요. 그것도 그냥 개가 아니라 똥개 같은 놈!"

"아니, 그런 짓을 저지르고 있다면 지주에게 일러바치면 되지 않나?"

"무슨 말씀을! 지주 입장에서 본다면 아무 문제가 없는데요. 소작료도 꼬박꼬박 잘 들어오고…… 뭐, 처벌할 거리가 있어야지요…… 게다가 일러바치는 날에는…… 정말 호되게 당할 겁니다. 한번 두고 보세요…… 그 불쌍한 노인네 부자가 무슨 꼴을 당할지…… 아마 둘 중 한 명은 없애고 말 거예요. 그 사람 참 운도 없지…… 어떤 모임에서 관리인과 말다툼 한번 했다가 그렇게 당하고 있는 거랍니다. 참다 참다 폭발한 거겠지요…… 하지만 뭐 대단한 일도 아니었는데, 그 일로 안치프를 못살게 군 거랍니다. 두고 보세요. 얼마 안 있어 잡아먹고 말 겁니다. 오죽하면 제가 똥개라고 했겠어요? 그놈은―하느님, 제가 욕하는 걸 용서해주십시오―공격해야 할 상대를 정확히 알지요. 돈 있고 가족이라도 많은 노인은 절대로 건드리지 않아요. 악마 같은 놈! 하지만 그렇지 않은 경우에는 완전히…… 그래서 안치프의 아들들을 순번도 되지 않았는데 군대에 보낸 거랍니다. 피도 눈물도 없는 사기꾼! 똥개 같은 자식! 하느님, 욕설을 내뱉는 걸 용서해주소서!"

우리는 사냥을 하러 갔다.

# 비류크

어느 날 밤 나는 사냥을 나갔다가 경주용 사륜마차를 타고 홀로 돌아오고 있었다. 집까지는 아직 8킬로미터 남짓 남아 있었다. 기운찬 내 말은 먼지를 일으키며 힘차게 내달리고 있었고, 지친 개는 마차에 줄로 매인 듯 마차 뒷바퀴에서 한 발자국도 뒤처지지 않은 채 따라오고 있었다.

폭풍우가 몰려올 것 같았다. 앞쪽 숲 뒤편에서 거대한 보라색 폭풍우 구름이 뭉게뭉게 피어오르고, 기나긴 잿빛 비구름이 낮게 머리 위를 스치고 떠다니기 시작했다. 버드나무 잎들이 흔들리며 쉼 없이 속삭이고 있었다. 숨 막히던 열기가 갑자기 습기 찬 한기(寒氣)로 바뀌었고 금세 어둠이 짙어졌다.

나는 말고삐를 당기며 계곡 쪽으로 마차를 몰았다. 버드나무들이 빽빽이 자라고 있는 메마른 계곡을 건넌 후 산으로 올라 숲으로 들어갔다. 어둠에 싸인 호두나무 숲 사이로 구불구불 길이 이어져 있었다. 나는 간신히 말을 몰았다. 마차는 수백 년 묵은 보리수와 참나무 뿌리를 타고 넘을 때마다 심하게 요동쳤다. 이어서 말도 비틀거리기 시작했다.

갑자기 세찬 바람이 나무들 위로 휩쓸 듯 불어오더니 나무들이 거세게 흔들리며 춤추기 시작했고 굵은 빗방울이 후드득 나뭇잎을 때렸다. 번개가 번쩍이고 천둥소리가 울렸다. 드디어 폭풍우가 몰려온 것이다. 비가 억수같이 쏟아졌다. 나는 조금 더 말을 몰아보았지만 멈출 수밖에 없었다. 말이 흙탕에 빠져 꼼짝도 못 하고 있었다. 한 치 앞도 분간하기 어려웠다. 나는 그럭저럭 넓은 관목 숲에 몸을 숨길 수 있었다. 등을 굽혀 몸을 만 자세로 얼굴을 가린 채 폭풍우가 멎기를 기다리고 있었다.

그때 갑자기 번개가 번쩍했고, 길가에 서 있는 사람의 모습이 보였다. 나는 그 방향을 뚫어져라 바라보았다. 그는 마치 내 마차 근처 땅속에서 솟아오른 것 같았다.

"누구냐?" 그가 쩌렁쩌렁 울리는 목소리로 물었다.

"도대체 너는 누구냐?" 내가 되물었다.

"나는 산지기다!"

나는 내 이름을 댔다. 그는 내 이름을 알고 있었던 모양이다.

"아, 나리이신가요? 댁으로 돌아가시는 길이었나요?"

"맞아. 하지만 보다시피, 이렇게 퍼부어서야……."

"예, 굉장한 비네요."

내 말이 끝나기 무섭게 다시 한번 번쩍 섬광이 일더니 이내 고막을 찢을 듯한 천둥소리가 울렸다. 비는 전보다 더 세차게 퍼붓고 있었다.

"쉽게 그칠 것 같지 않군요." 그가 말했다.

"이걸 어쩌지?"

"괜찮으시다면 제 오두막으로 가시지요." 그가 무뚝뚝하게 말했다.

"그래 주면 고맙겠군."

"자, 마차에 올라, 자리에 앉으십시오."

나는 그가 하라는 대로 했다. 그는 말 앞으로 가더니 고삐를 잡고 끌어당겼다. 마차는 겨우 움직이기 시작했다. 말은 휘청거리는 가운데도 진창에 발을 철벅거리며 겨우겨우 걸음을 옮겼다. 산지기는 마차 앞에서 마치 유령처럼 좌우로 흔들거리며 걸어갔다.

우리는 그런 식으로 제법 먼 길을 갔다. 이윽고 안내인이 발걸음을 멈추더니 조용한 목소리로 말했다.

"나리, 제집입니다."

이어서 나무 문이 삐걱거렸고 개들이 일제히 짖어대는 소리가 들렸다. 순간 번갯불이 번쩍했고 울타리를 두른 널찍한 마당 한가운데 오두막 한 채가 눈에 들어왔다. 창문 한 곳에서 희미한 빛이 새어 나오고 있었다. 산지기는 말을 계단 가까이 몰고 간 다음 문을 두드렸다.

"네, 나가요!" 하는 어린 여자아이 목소리가 들리더니 이어서 맨발로 뛰어오는 소리가 들렸다. 이윽고 빗장이 삐걱하며 열리더니 남루한 차림의 열두어 살쯤 돼 보이는 소녀가 등불을 든 채 모습을 드러냈다.

산지기는 여자아이에게 나를 안으로 안내해드리라고 말한 후 마차를 처마 밑에 두고 오겠다며 말고삐를 잡았다. 나는 여자아이를 따라 집 안으로 들어갔다.

산지기의 집은 천장이 낮은 텅 빈 단칸방으로 침대조차 없었다. 벽에는 다 떨어진 털외투가 걸려 있었으며 의자 위에 단발총이 놓여 있었고 방구석에는 누더기가 산처럼 쌓여 있었다. 난로 옆에 커다란 단지가 두 개 놓여 있었으며 탁자 위에서는 램프 대용 관솔불이 타고 있었다. 그리고 방 한복판에는 긴 장대 끝에 요람이 매달려 있었다. 소녀는 등잔불을 끈 후 오른손으로 요람을 흔들며 왼손으로 관솔불을 헤집기 시작했다.

나는 주변을 둘러보았다. 나는 기분이 처져 있었다. 밤에 농부의 집에 들어온다는 것이 기분 좋을 리 만무했다. 요람 속 아기가 힘겨운 듯 가쁘게 숨을 몰아쉬고 있었다.

나는 소녀에게 물었다.

"너 여기 혼자 사니?"

"네." 소녀는 들릴락 말락 하게 대답했다.

"너, 산지기 딸이니?"

"네." 아이는 속삭이듯 말했다.

이어서 문소리가 들리더니 산지기가 고개를 숙이고 문지방을 넘어 방으로 들어섰다. 그는 등잔불에 불을 붙인 후 말했다.

"관솔불에는 익숙하지 않으시겠지요."

나는 등잔불에 비친 그의 모습을 바라보았다. 보기 드물 정도로 잘생긴 얼굴이었다. 키가 크고 어깨가 떡 벌어졌으며 아주 균형 잡힌 몸매였다. 그의 젖은 셔츠 안으로 다부진 근육이 불끈불끈 꿈틀거리고 있었다. 곱슬곱슬한 검은 구레나룻이 얼굴의 절반을 뒤덮고 있었으며, 서로 맞닿아 있는 굵은 눈썹 아래로는 갈색 눈이 대담한 시선을 던지고 있었다.

그는 두 손을 가볍게 허리춤에 올린 채 내 앞에 섰다. 나는 그에게 고맙다고 치하한 후 그의 이름을 물었다.

"포마입니다. 별명은 비류크(늑대)지요."

오룔 지방에서는 성격이 까다로운 홀아비를 비류크라고 부르고 있었다.

"오, 자네가 비류크였나?"

나는 더욱 호기심에 차서 그를 바라보았다. 나는 예르몰라이를 비롯해 다른 사람들로부터 산지기 비류크에 관한 이야기를 들은 바 있었다. 인근의 농부들은 모두 그를, 불을 무서워하듯 두려워하고 있었다. 그들 말에 의하면 이제까지 자기 임무를 그처럼 철저하게 완수한 사람은 없다는 것이었다.

"가랑잎 한 줌도 가져가게 내버려두지 않아요. 어느 때건, 심지어 오밤중에라도, 어김없이 소리도 내지 않고 코앞에 나타난다 이 말씀입니다. 저항 따위는 꿈도 꿀 수 없어요. 악마처럼 힘이 센데다 민첩하거든요. 술이나 돈으로 그를 구워삶으려 해도 소용없어요. 어떤 것에도 걸려들지 않거든요. 마을 사람들이 벌써 몇 번이나 그를 쫓아내려 했지만…… 성공할 수 없었지요." 근방의 농부들은 그에 대해 그런 식으로 떠들어댔다.

"아, 자네가 바로 비류크로군." 나는 반복해 말했다. "이보게,

자네에 대해 하는 말을 들은 적이 있어. 인정사정없다고들 하더군."

"제가 할 일을 할 뿐입니다." 그는 무뚝뚝하게 대답했다. "공짜로 주인의 밥을 얻어먹을 수는 없으니까요."

그는 허리춤에서 도끼를 꺼내더니 마루에 앉아 관솔을 패기 시작했다.

"그런데 안사람은 없나?"

"네." 그는 도끼를 힘껏 휘두르며 대답했다.

"죽었나보군."

"아뇨…… 네, 죽었습니다." 그는 옆으로 돌아앉으며 계속 말했다. "떠돌이 행상하고 눈이 맞아 도망갔습니다."

그는 쓸쓸한 미소를 지었다. 갓난아이가 잠에서 깨어 울기 시작하자 소녀가 요람 곁으로 갔다. 비류크가 더러운 젖병을 소녀에게 내밀며 "자, 이걸 줘라"라고 말했다.

"저런 어린것을 버리고 도망을 가다니." 그는 갓난아이를 가리키며 나직이 말했다. 그러고는 문간으로 다가가 멈춰 서더니 내게로 몸을 돌리며 말했다.

"나리 같은 분께서는 우리가 먹는 빵 같은 건 드시지 않겠지요? 그것 외에는 드릴 것이……."

나는 배가 고프지 않다고 그에게 재빨리 말했다.

비류크는 잠시 밖으로 나갔다 돌아오더니 말했다.

"폭풍우가 멎기 시작했습니다. 원하신다면 숲 밖까지 안내해 드리지요."

그러면서 그는 총을 잡더니 탄창을 점검하기 시작했다.

"아니, 왜 그러나?" 내가 물었다.

"숲속에 못된 놈들이 있습니다…… '말 골짜기'에서 나무를 베고 있습니다."

"아니, 여기서 그 소리가 들린단 말인가?"

"밖에서는 들리지요."

우리는 함께 밖으로 나왔다. 비는 그쳤다. 멀리 검은 구름이 떠 있었고 아직 간간이 번갯불이 번쩍였지만 우리 머리 위로는 얼핏 검푸른 하늘이 보이고 얇은 구름 사이로 별들이 반짝이고 있었다. 비에 젖은 나무들도 어둠 속에서 모습을 드러내고 있었다.

비류크가 앞장서고 나도 호기심에 그의 뒤를 따랐다. 그가 어떻게 길을 분간해내는지 나는 도무지 알 수 없었다. 그는 두어 번 발걸음을 멈추었다. 도끼 소리에 귀를 기울이기 위해서였다.

"들리시지요?"

그의 말에 나도 귀를 기울였으나 아무 소리도 들리지 않았다. 우리는 골짜기를 내려갔다. 잠시 바람이 멎으니 내 귀에도 도끼 소리가 또렷하게 들려왔다. 비류크는 나를 바라보며 고개를 끄덕였다. 우리는 비에 젖은 양치류와 쐐기풀을 헤치고 앞으로 나아갔다. 그 무언가를 질질 끄는 소리가 들렸다.

"넘어뜨렸군." 비류크가 중얼거렸다.

그사이 하늘은 점점 맑아졌고 숲속에도 희미한 빛이 스며들기 시작했다. 우리는 마침내 골짜기를 빠져나왔다.

"여기서 좀 기다리십시오."

산지기는 몸을 굽혀 총을 들더니 덤불 속으로 사라졌다. 나는 긴장한 채 귀를 기울였다.

갑자기 비류크의 고함이 들렸다.

"어딜 가는 거냐! 서지 못해!"

이어서 또 한 사람의 목소리가 들렸다. 애처로운 비명이었다. 나는 궁금증을 이기지 못해 소리가 나는 곳으로 달려갔다.

산지기가 도둑을 깔고 앉아 그의 허리를 끈으로 묶고 있었다. 내가 곁으로 다가가자 비류크가 도둑을 일으켜 세웠다. 누더기를 걸치고 구레나룻을 아무렇게나 기른 가련한 농부였다.

바로 옆에는 거적으로 반쯤 등을 덮은 초라한 말이 달구지에 매여 있었다. 산지기는 아무 말도 없었다. 농부도 아무 말 없이 고개만 절레절레 흔들고 있었다.

"놔주게." 내가 비류크의 귀에 대고 속삭였다.

"나뭇값은 내가 치러줄 테니."

비류크는 아무 말 없이 왼손으로는 말갈기를, 오른손으로는 도둑의 허리띠를 움켜쥐었다.

"자, 어서 가자! 이 쥐새끼 같은 놈." 비류크가 농부를 재촉했다. 그러자 농부가 말했다.

"저기 도끼 좀 집어줘."

"맞아, 그걸 잃어버리면 안 되지."

그 말과 함께 비류크는 도끼를 집어 들었고, 우리는 함께 산지기의 오두막을 향해 걸음을 옮겼다. 비가 다시 억수같이 퍼붓기 시작했다.

우리는 오두막에 도착했다. 비류크는 끌고 온 말과 달구지를 마당 한가운데 내팽개친 채 농부를 방으로 데려가 방구석에 앉혔다. 난로 옆에서 잠들어 있던 소녀가 부스스 일어나더니 겁먹은 눈으로 우리를 쳐다보았다.

농부는 눈을 들어 나를 바라보았다. 나는 무슨 일이 있더라도 이 불쌍한 농부를 풀어주어야겠다고 다짐했다. 농부는 죽은 듯 의자에 앉아 있었다. 등잔불을 통해 볼이 움푹 들어간 주름투성이 얼굴, 축 처진 노란 눈썹, 깡마른 팔다리가 보였다. 두 눈은 겁에 질려 두리번거리고 있었다. 비류크는 두 손으로 볼을 감싼 채 말없이 탁자 앞에 앉아 있었다. 소녀는 이미 잠이 들었고 귀뚜라미가 울고 있었다. 비는 계속 지붕을 때린 후 창을 따라 미끄러져 내렸다.

"이보게, 포마 쿠지미치!" 갑자기 농부가 힘없이 말했다.

"왜 그래?"

"좀 봐줘."

비류크는 아무 대답도 하지 않았다.

"좀 봐줘…… 배가 고파서 한 짓이야. 나 좀 보내줘."

그러자 산지기가 엄준한 목소리로 대꾸했다.

"나는 네놈들을 잘 알아. 다 똑같은 놈들이야. 전부 도둑놈들이지."

"좀 봐줘." 농부는 같은 말을 되풀이했다. "지주댁 집사 때문에…… 어찌나 지독한지…… 우리는 쫄딱 망했어…… 정말이야…… 그러니 좀……."

"쫄딱 망했다고? ……그렇다고 도둑질을?"

"나 좀 보내줘, 포마 쿠지미치! 내 신세를 망칠 셈인가……
집사는…… 자네도 알겠지만…… 날 죽여버릴지도 몰라."

비류크는 고개를 돌렸다. 농부는 열병에라도 걸린 듯 몸을
덜덜 떨었다. 그는 연방 머리를 흔들면서 숨을 가쁘게 몰아쉬
고 있었다.

"제발 부탁이니, 좀 살려줘. 정말, 좀 보내줘. 나뭇값은 반드
시 치를게. 정말이야! 배가 고파서 그랬다니까! ……애들이 배
고파 울고 있어…… 자네도 잘 알잖아…… 너무 견디기 어렵단
말이야."

"아무리 그렇더라도 도둑질이라니!"

"내 말…… 그 불쌍한 말이라도…… 내가 가진 단 한 마리
짐승이야…… 그 말이라도 놓아줘."

"안 된다고 했잖아. 나도 매인 몸이야. 내겐 의무라는 게 있
다고! 잔소리 말고 얌전히 있어. 여기 나리가 보이지도 않아?"

불쌍한 농부는 고개를 꺾었다. 비류크는 하품을 하고 탁자
위에 머리를 얹었다. 비는 그칠 기색이 없었다. 나는 사태가 어
떻게 될 것인지 지켜보고 있었다.

농부가 갑자기 벌떡 몸을 일으켰다. 눈이 이글거리고 있었으
며 얼굴은 검붉게 물들어 있었다. 그가 눈을 가늘게 뜬 채 입술

을 실룩거리며 말했다.

"그래, 네 마음대로 해! 맘대로 하라고! 이, 사람의 영혼을 파괴하는 악마! 어서 그리스도교인의 피를 빨아먹으라고!"

그러자 산지기가 말했다.

"아니, 술에 취했나? 머리가 돈 거야, 엉?"

"취했느냐고? 네놈 술 얻어먹은 것도 아닌데 뭔 상관이냐? 이 악마 같은 놈! 짐승 같은 놈! 개 같은 놈!"

"이놈 보게…… 좋아! 맛을 보여주지."

"그래 어떡할래? 다 마찬가지야! 내가 뭘 어쩌라고! 차라리 날 죽여라! 굶어 죽으나 네놈 손에 죽으나 마찬가지다! 내 마누라, 내 새끼들도 다 죽여라…… 모두 죽여…… 하지만 네놈만은 가만 안 둘 거다."

비류크가 벌떡 일어났다. 농부는 계속 "죽여라, 죽여! 어서 죽이라고! 어서 죽이라니까!"라고 악을 쓰고 있었다.

"닥치지 못해." 산지기는 고함을 지르며 두 걸음 정도 앞으로 나섰다.

그때까지 가만히 보고만 있던 내가 소리쳤다.

"포마, 그만둬. 그만두라고. 그를 보내줘. 자, 진정하라고."

농부는 계속 악을 쓰며 비류크에게 욕설을 해댔고 비류크는 그의 어깨를 잡았다. 나는 농부를 도우려고 달려갔다.

"나리, 상관하지 마세요!" 산지기가 내게 소리쳤다.

나는 그가 위협하건 말건 농부를 도우려고 이미 손을 뻗고 있었다. 그런데 놀랍게도 산지기는 농부의 몸을 휙 돌리더니 팔에 묶은 노끈을 풀어주는 게 아닌가! 그는 농부의 목덜미를 붙잡고 눈 밑까지 모자를 푹 씌워주더니 확 문을 열어 그를 밖으로 떠밀었다.

"말과 함께 꺼져버려!" 그가 밖을 향해 소리쳤다. "하지만 다음번엔……."

그는 다시 방 안으로 들어와서 구석에서 뭔가 찾기 시작했다. 내가 입을 열어 말했다.

"이보게, 비류크! 정말 놀랐네. 자네 정말 좋은 사람이야."

그러자 그가 화난 듯 나의 말을 막았다.

"그런 말씀 마세요, 나리. 제발, 남들에게 이 이야기 하지 마세요. 자, 이제 떠나셔도 되겠군요. 비가 잦아들었으니 더 기다리실 필요가……."

밖에서 농부가 몰고 가는 짐마차 소리가 들렸다.

"제길, 이제 가는군. 하지만 다음번에는!" 산지기가 중얼거렸다.

그로부터 30분 후 나는 산림 입구에서 그와 헤어졌다.

# 죽음

우리 이웃에 사냥을 좋아하는 한 젊은 지주가 산다. 그의 이름은 아르달리온 미하일리치다. 화창한 7월 어느 날 아침 나는 그와 함께 뇌조 사냥을 하고 싶어 말을 타고 그를 찾아갔다. 그가 좋다고 하더니 말했다.

"제 소유의 잡목 숲을 거쳐 주샤로 가는 게 어떻겠습니까? 이 기회에 차폴리기노에 들러봤으면 해서요. 거기 제 떡갈나무 숲도 하나 있는데, 지금 벌목 중이거든요."

나는 기꺼이 동의했다.

우리는 함께 출발했다. 아르달리온은 마을을 감독하는 아르힘포라는 농부와 고트리프 폰 데 코크라는 관리인을 대동하고 나섰다. 아르힘포는 광대뼈가 불거진 각진 얼굴의 땅딸막한 사내였고 고트리프는 발틱 연안 출신의 열아홉 살 젊은이로 깡마르고 목이 긴 사내였다.

내 이웃은 얼마 전에 이곳의 지주가 된 귀족이었다. 5등 문관의 미망인이었던 그의 숙모 카르동 카타예바 부인이 유산으로 그에게 물려준 것이었다. 그의 숙모는 지나치게 몸이 뚱뚱해서 늘 침대에 누워 끊임없이 앓는 소리만 하다 세상을 떠났다.

우리는 아르달리온 미하일리치의 잡목 숲에서 잠시 사냥을 하다가 별 소득 없이 그가 소유하고 있는 차풀리기노에 도착했다. 그 숲은 나도 잘 안다. 어릴 때 프랑스인 가정교사가 나를 그곳에 자주 데리고 갔던 것이다.

숲은 아름드리 떡갈나무와 물푸레나무 2,300여 그루로 이루어져 있었다. 그 숲 위를 온갖 종류의 새들이 날고 숲속에서 검은지빠귀, 할미새, 검은머리방울새, 도요새들이 노래하고 있었다. 땅 위로는 흰토끼가 조심스레 다리를 절며 뛰어가고 다람쥐가 이 나무에서 저 나무로 건너뛰었다가 나무 꼭대기에 꼬리를 얹은 채 우뚝 멈춰 서기도 했다. 그리고 옅은 녹색의 고사리, 제비꽃과 은방울꽃, 온갖 종류의 버섯들이 자라고 있었으며, 수풀 사이 넓은 잔디밭에는 딸기가 붉게 익어 있었다. 나는 그 숲속 그늘에서 얼마나 즐거운 시간을 보냈던가!

나는 그곳을 지나며 회상에 젖기도 하고 다시 옛날의 행복을 맛보기도 했다.

우리가 벌목 현장 가까운 곳에 이르렀을 때였다. 숲에서 나무 쓰러지는 소리에 이어서 갑자기 비명이 들리더니 무언가 부산을 떠는 소리가 들렸다. 그리고 얼마 후 머리를 풀어헤친 젊은 농부 한 명이 얼굴이 새파랗게 질린 채 우리 앞으로 불쑥 나타났다. 허겁지겁 달려왔는지 숨을 헐떡이고 있었다.

"무슨 일인가? 어디로 그렇게 달려가는 거야?" 아르달리온 미하일리치가 그에게 물었다.

농부는 그 자리에 멈춰 섰다.

"아, 나리! 사고가 났습니다요."

"무슨 일인데?"

"나리, 막심이 나무에 깔렸습니다요."

"도대체 어떻게 된 건데? ……십장 막심 말인가? 벌목을 감독하던?"

"예, 맞습니다요. 우리가 물푸레나무를 베고 그는 옆에서 바라보고 있었지요…… 그는 얼마간 그렇게 서 있다가 우물가로 향했는데…… 아마 목이 말랐던가 봅니다. 그런데 갑자기 나무가 우지직 소리를 내며 곧장 그 사람을 향해 넘어지지 않겠

어요. 우리가 그를 향해 고함을 질렀지요. '비켜! 어서 비켜!'
……옆으로 비켰어야 했는데 곧장 앞으로 달리다가, 그만……
아마 겁을 먹었던 것 같아요. 물푸레나무 윗가지가 그를 덮쳤
지요. 그런데 나무가 왜 그렇게 빠르게 넘어갔는지 통 알 수가
없어요…… 틀림없이 기둥 속이 썩었나 봐요."

"그래, 막심이 그 나무에 깔렸단 말이지?"

"예, 그렇습니다요."

"죽었나?"

"아닙니다요, 나리. 아직 살아 있어요. 하지만 죽은 거나 다
름없어요. 팔다리가 다 부러졌는데요. 저는 의사를 부르러 가는
길입니다."

아르달리온 미하일리치는 관리인 고트리프에게도 함께 의사
를 부르러 가보라고 이른 후 서둘러 벌목장으로 달려갔다. 나
도 그의 뒤를 따랐다.

곧이어 땅바닥에 쓰러져 있는 막심의 모습이 보였다. 여남은
명의 농부들이 그의 주변에 서 있었다. 우리는 말에서 내렸다.
막심은 거의 신음조차 내지 않고 있었다. 이따금 눈을 크게 뜨
고 마치 놀란 듯 주위를 둘러보았고, 새파랗게 변한 입술을 깨
물었다…… 턱이 덜덜 떨리고 있었고 머리칼은 이마에 달라붙

죽음

**119**

어 있었으며 가슴이 불규칙하게 들먹였다. 숨이 끊어지고 있었다. 어린 보리수의 흐릿한 그림자가 조용히 그의 얼굴 위에서 미끄러지듯 움직이고 있었다.

우리는 그를 향해 허리를 굽히고 들여다보았다. 그는 아르달리온 미하일리치의 모습을 알아보고 입을 열었다. 간신히 알아들을 수 있을 만큼 가느다란 목소리였다.

"나리…… 신부님을…… 불러주십시오…… 하느님께서 저를…… 벌주셨다고…… 신부님께 말씀을…… 다리도 팔도…… 죄다…… 부러졌어요…… 오늘이…… 오늘이…… 주일이지요……. 주일인데도…… 인부들을…… 쉬게 해주지 않고…… 일을…… 일을 시켰으니……."

그는 숨이 막혀 잠시 말을 잇지 못했다. 그가 겨우 다시 입을 열었다.

"그리고 제 돈은…… 제 집사람에게…… 누구한테…… 누구한테…… 얼마를 줘야 하는지는…… 저기 오니심이…… 아니까…… 그걸 제하고."

아르달리온 미하일리치가 그에게 달래듯이 말했다.

"이보게 막심, 지금 의사를 부르러 보냈네. 아직 죽는다고 생각할 것 없어."

막심은 눈썹을 억지로 쳐들려 애쓰며 눈을 가늘게 뜨고 겨우
말했다.

"아뇨, 저는 이제 죽습니다요. 지금…… 저기 오고 있어
요…… 저기…… 이보게들. 내가 잘못한 것이 있었다면…… 나
를 용서해주게."

그러자 농부들이 모자를 벗고 한목소리로 울먹이며 말했다.

"하느님이 용서해주실 거야, 막심 안드레비치! 자네도 우리
를 용서하게!"

그는 잠시 안간힘을 쓰는 듯 머리를 내젓고, 온 힘을 다해 앞
가슴을 내밀었다. 그러더니 다시 몸을 축 늘어뜨렸다.

아르달리온 미하일리치가 소리쳤다.

"여기서 이렇게 죽게 할 수는 없어! 자네들, 저기 마차에서
돗자리를 가져와. 병원으로 데려가야겠어."

두 사내가 마차로 뛰어갔다.

죽어가는 사내가 안간힘을 다해 중얼거렸다.

"어제…… 내가…… 말 한 마리를 샀어요…… 시요프카에
사는 에핌에게서…… 계약금을 치렀으니…… 그것도…… 제
말입니다…… 그걸…… 그걸…… 제 집사람에게…… 주세요."

농부들은 그를 멍석 위로 옮기기 시작했다. 그는 마치 상처

죽음

121

입은 새처럼 몸을 떨더니 쭉 뻗어버렸다.

"죽었어." 농부들이 중얼거렸다.

우리는 말없이 말에 올라 그곳을 떠났다. 막심의 불행한 죽음은 나를 깊은 상념에 빠지게 했다. 러시아 농부들은 정말로 얼마나 놀라운 태도로 죽음을 맞이하는 것인지! 그들이 죽음을 맞이해서 보이는 태도를 무관심하다거나 둔감하다고는 절대 말할 수 없다. 그들은 차분하고 담담하게 장엄한 죽음의 의식을 거행하는 것이다.

몇 년 전쯤 일이다. 나의 또 다른 이웃 영지에서 살던 한 농부가 곡식 건조 창고에서 심한 화상을 입었다. 마침 그 앞을 지나가던 마을 사람이 반죽음이 된 그를 끌어내지 않았다면 그는 창고에서 그냥 검게 타 죽고 말았을 것이다. 그 마을 사람은 물탱크에 뛰어들어 온몸을 물로 적신 후에 불길이 날름거리는 창고 문으로 돌진해 문을 부순 것이다.

그 소식을 들은 나는 병문안차 그 농부의 집으로 갔다. 그의 오두막은 어두컴컴했고 연기 냄새가 났으며 가슴이 답답할 지경이었다.

나는 그의 아내에게 물었다.

"환자는 어디 있소?"

두 손에 얼굴을 묻고 있던 아내가 기운 없는 목소리로 대답했다.

"저기, 페치카(러시아식 난로. 벽을 가열하여 방 안을 따뜻하게 한다) 위에 누워 있습니다."

가까이 가보니 환자는 털가죽 외투를 뒤집어쓴 채 간신히 숨을 몰아쉬고 있었다.

"그래, 좀 어떤가?"

온몸에 화상을 입고 다 죽어가면서도 농부는 몸을 움직여 일어나려고 했다.

내가 얼른 두 손을 저으며 말했다.

"아니, 그대로 누워 있어. 그냥 그대로…… 그래, 좀 어때?"

"나쁘지요, 나리."

"많이 아픈가?"

대답이 없었다.

"뭐 필요한 거 없나?"

그래도 대답이 없었다.

"차든지 뭐 좀 마실 걸 줄까?"

"됐습니다."

죽음

나는 물러나 의자에 앉았다. 나는 그곳에 15분 정도 앉아 있었다. 다시 15분이 흘렀다. 오두막 안은 무덤처럼 고요했다. 구석, 성상(聖像)이 걸린 벽 아래 탁자 밑에서 대여섯 살 된 여자아이가 빵 조각을 씹고 있었다. 이따금 그 애 엄마가 꾸짖는 듯한 눈길을 보냈다. 바깥에서는 발걸음 소리, 무언가 뚝딱거리는 소리, 사람들의 말소리가 들렸다. 환자의 형수가 양배추를 썰고 있었다.

이윽고 환자가 입을 열고 아내를 불렀다.

"여보."

"왜요?"

"크바스 좀 줄래?"

아내가 그에게 크바스를 주었다. 다시 침묵이 흘렀다. 나는 그의 아내에게 속삭이듯 물었다.

"그에게 성찬(聖餐)을 주었소?"

"네."

이제 모든 절차가 끝난 셈이었다. 그는 죽음을 기다리고 있었고, 단지 그뿐이었다. 나는 더 이상 견딜 수가 없어서 그 집을 나와버렸다…….

또 한 가지 생각나는 게 있다. 나는 어느 날 크라스노고리예라는 마을로 내 친구이자 사냥을 무척이나 좋아하는 외과 의사 카피톤을 찾아간 일이 있었다. 그 병원은 본래 지주 거처의 하나였던 것을 그 지주의 안주인이 병원으로 개조해 설립한 것이다. 하긴 병원 설립이라고 해보았자 그곳 출입문 위에 '크라스노고리예 의원'이라고 쓴 파란 간판을 붙이고 환자 명단이 들어 있는 명부를 카피톤에게 넘긴 것이 고작이었지만 말이다.

카피톤은 자기 돈으로 침대 여섯 개를 사들인 후 하느님의 백성을 치료해준다는 성스러운 사명감으로 일을 시작했다. 병원에는 의사 외에 두 명의 직원이 있었다. 한 명은 어딘가 머리가 좀 이상한, 조각가 파벨이었고 한 명은 한쪽 팔이 없는 시골 여자 멜리키트리사로서 명색은 요리사 일을 하고 있었다. 두 사람은 의사의 지시로 약을 조제하기도 했고 약제를 말리기도 했으며 발작을 일으킨 환자를 진정시키는 일도 했다.

내가 찾아간 곳이 바로 그 병원이었다. 카피톤과 나는 얼마 전에 함께 갔던 사냥 이야기를 하고 있었다. 그때 갑자기 농민들이 사용하는 마차 한 대가 안마당으로 들어섰다. 엄청나게 뚱뚱한 말이 마차를 끌고 있었는데, 그렇게 살찐 말은 방앗간이 아니라면 좀처럼 보기 힘든 것이었다.

죽음

125

마차 안에는 깨끗한 새 외투를 입고 마치 염색이라도 한 듯 회색 줄무늬가 난 듯한 턱수염을 한 건장한 농부가 타고 있었다. 그를 보자 카피톤이 창문을 통해 소리쳤다.

"어서 오시오, 바실리 드미트리치 씨!"

그런 후 그가 내게 속삭였다.

"뤼보프시노의 방앗간 주인입니다."

바실리 드미트리치는 안으로 들어서더니 성상을 찾아 성호를 그었다.

의사가 그에게 물었다.

"그래 어떻게 지냈습니까, 드미트리치 씨? 저런, 어딘가 편찮은 모양이군요. 안색이 영 안 좋은데요."

"예, 카피톤 치모프예비치, 어딘가 안 좋습니다."

"그래요? 어떻게 안 좋은지 말해보세요."

"실은 얼마 전에 읍내에 가서 맷돌을 하나 샀습니다. 그걸 집까지 끌고 와서 마차에서 내리려고 힘을 쓰는데, 아, 갑자기 창자가 끊어지듯 아프고 어지럽지 않겠습니까. 그날 이후 몸이 영 이전 같지 않아요. 오늘은 더 이상하고요."

"흠, 탈장이 분명하군요. 그래, 그런지 얼마나 됐습니까?"

"열흘 됐습니다."

의사는 고개를 절레절레 흔들었다.

"열흘? 어디 봅시다."

환자를 살펴본 후 의사가 말했다.

"바실리 드미트리치, 안됐지만 상태가 아주 안 좋아요. 여기 입원하도록 해요. 장담은 못 하겠지만 최선을 다해봅시다."

"그렇게 대단한가요?" 농부가 뜻밖이라는 듯 중얼거렸다.

"그렇소, 아주 위중해요. 이틀만 빨리 왔어도 괜찮았을 것을…… 염증이 생기고 말았어요. 다른 곳으로 번지지 말아야 할 텐데…….."

"그럴 리가…… 겨우 이깟 일로 죽어야 한단 말입니까?"

"아니, 그런 말이 아니라…… 어쨌든 입원은 해야 합니다."

농부는 무언가 골똘히 생각하는 듯 마룻바닥만 내려다보고 있었다. 그러더니 그는 고개를 들어 우리를 보더니 뒤통수를 긁적이며 모자를 집어 들었다.

"아니, 어딜 가려는 거요?" 의사가 놀라서 물었다.

"어디냐고요? 집이지 어디예요. 그렇게 위중하다면 집이 아니고 어딜 가겠습니까? 상황이 그렇다면 집안일을 정리해야 하는 것 아닙니까?"

"아니 스스로 자신을 해치려는 겁니까? 정말이에요, 바실리

드미트리치! 그건 절대로 안 돼요. 어떻게 여기까지 오게 되었
는지도 놀랄 정도로군요. 암튼 입원해야 해요."

"아닙니다. 기왕 죽어야 한다면 집에서 죽어야지, 왜 여기서
죽으란 말입니까? 나는 집이 있고, 내 명이야 하느님께서 알아
서 하실 텐데……."

"아무도 당신이 죽는다는 말은 안 했어요! 위험한 건 사실입
니다. 정말 아주 위험합니다. 그건 맞아요. 하지만 바로 그렇기
때문에 당신은 여기 있어야 해요."

농부는 머리를 저으며 말했다.

"아닙니다. 저는 집으로 가겠습니다…… 그런데 처방전은 써
주실 거지요?"

"약만으로는 소용이 없는데……."

"어쨌든 입원은 안 할 겁니다."

"정 그렇다면…… 나중에 내 원망은 말아요."

의사는 장부에서 종이 한 장을 찢어 처방전을 써준 후에 주
의 사항을 꼼꼼하게 적었다. 농부는 처방전을 받아 들고 카피
톤에게 50코페이카짜리 은화를 건넨 다음 마차에 올랐다.

"안녕히 계세요, 카피톤 치모프예비치. 기분 나빠하지 마시
고요. 무슨 일이라도 생기면 남은 아이들을 부탁합니다."

의사는 다시 한번 입원하라고 권했지만 그는 고개를 젓더니 마차를 몰고 큰길로 나섰다. 나는 그의 뒷모습을 천천히 지켜보았다. 방앗간 주인은 질척거리고 울퉁불퉁한 길로 능숙하게 마차를 몰며 만나는 사람마다 인사하면서 사라졌다…… 나흘 뒤 그는 세상을 떠났다.

러시아인은 대개 경탄할 만한 방식으로 죽음을 맞이한다. 이미 세상을 떠난 많은 사람이 내 기억 속에 되살아난다.

아베니르 솔로코모프! 대학을 중퇴한 나의 옛 친구! 고결했으며, 최고의 인품을 지녔던 내 친구! 나는 지금 그 누구보다 우선 너를 떠올린다. 폐병에 걸려 창백했던 너의 얼굴, 너의 부드러운 갈색 머리칼, 너의 부드러운 미소, 꿈꾸는 듯한 눈길, 너의 그 긴 다리가 지금도 내게 보이는 듯하다. 그리고 너의 가냘프고 부드러운 목소리가 아직 귓전에 들리는 듯하다.

너는 구르 쿠르비아니코프라는 러시아 지주의 집에 기거하며 그의 자식들인 포파와 조자에게 러시아어 문법, 지리와 역사를 가르치고 있었지. 그러면서 너는 주인 구르의 실없는 말장난, 그 집 집사의 주제넘은 친근함, 버릇없는 주인집 아이들의 못된 장난도 참을성 있게 견디고 있었지. 그리고 무료한 생

활에 지친 여주인의 변덕도 얼굴 한번 찡그리지 않고 다 받아
주었지.

이윽고 해가 지고 모든 의무감에서 해방되면 너는 홀가분하
게 너만의 시간을 즐길 수 있었지. 너는 파이프를 물고 창가에
앉아 생각에 잠기거나 측량 기사가 갖다준, 너덜너덜한 잡지를
마치 통째로 삼킬 듯 탐독했지. 너는 그 잡지에 실린 시와 소설
들에 얼마나 매료되었던가! 너는 얼마나 자주 눈물을 글썽였던
가! 마치 어린애의 영혼처럼 티 없이 맑은 너의 영혼은, 순수한
인간애, 모든 선하고 고결한 것들을 향한 동경으로 가득 차올
랐었지.

솔직히 말한다면 너는 그렇게 남다른 재능을 갖고 태어나지
는 않았다. 자연은 네게 뛰어난 기억력도, 근면함도 선물하지
않았다. 대학에서도 너는 열등생 중 한 명으로 취급받았다. 강
의 시간에는 졸기 일쑤였으며 구두시험에서도 멍하니 입을 다
물고만 있었다. 하지만 친구의 성공이나 승리 소식을 듣고 흥
분할 정도로 기뻐하고 가슴 벅차하던 것은 누구였던가? ……
바로 아베니르 자네가 아니었던가. 친구들의 성공을 믿어 의심
치 않았던 사람, 친구들을 자랑스럽게 칭찬하고 옹호했던 사람
은 누구였던가? 시기심이나 허영심이 전혀 없었던 사람은 누

구였던가? 아무런 이기심 없이 자기를 희생했던 사람은 누구였던가? 그것은 아베니르, 바로 너였다.

내 착한 친구, 아베니르! 나는 지금도 또렷이 기억하고 있다. 네가 가정교사 일을 하려고 시골로 내려갈 때, 네가 얼마나 쓰린 가슴을 안고 우리와 헤어졌던가를…… 아마도 불길한 예감이 너를 괴롭혔으리라…… 실제로 시골에서 네가 맞이한 너의 운명은 슬프기만 했다. 마을에는 네가 공손히 귀를 기울일 만한 이야기를 해주는 사람도, 네가 경탄할 만한 사람도, 사랑할 만한 사람도 없었으니…….

마을 사람들이건 교양 있는 지주들이건 이웃들이건 너를 그냥 가정교사로 대했다. 때로는 무례했으며, 때로는 너를 무시했고, 푸대접했다. 게다가 시골의 공기도 네 건강에 별 도움이 되지 못했다. 아, 불쌍한 아베니르! 너의 몸은 촛대처럼 녹아내리고 있었으니! 너는 고독 속에서, 가정교사라는 노예와 같은 생활 속에서, 자유로워질 가능성이라고는 찾아볼 수 없는 절망 속에서, 끊임없이 되풀이되는 가을과 겨울을 맞고 병마와 싸우며, 그렇게…… 오, 불쌍한 아베니르!

나는 아베니르 솔로코모프가 죽기 얼마 전에 그를 찾아갔었다. 그는 너무 허약해져 거의 걷지도 못할 상황이었다. 지주 구르 쿠르비아니코프는 그를 굳이 내쫓지는 않았지만 급료는 주지 않았다. 그리고 아이들에게는 다른 가정교사를 두었다.

아베니르는 싸구려 옷감으로 만든 실내복을 입고 창가에 앉아 있었다. 그는 나를 보자 반가워 손을 내밀고 입을 열어 뭔가 말을 하려 했으나 이내 기침 소리에 묻히고 말았다. 나는 그를 진정시키고 옆에 앉았다. 그의 무릎에는 콜초프의 시를 정성껏 베껴 쓴 공책이 있었다. 그는 터져 나오는 기침을 억누르며 "콜초프는 진짜 시인이야"라고 중얼대듯 말했다. 그리고 들릴락 말락 한 목소리로 시를 암송하기 시작했다.

오, 솔개의 날개는
결박되어 족쇄로 채워졌는가?
저 드높은 창공으로 가는 길이
모두 막혀버렸단 말인가?

나는 그를 말렸다. 의사가 말을 하지 말라고 지시한 때문이었다. 나는 어떻게 하면 그를 기쁘게 할 수 있는지 잘 알고 있었다. 그는 자신이 학문을 뒤쫓아간 적은 없었지만 위대한 학자들의 학문이 어디까지 도달해 있는지는 알고 싶어했다. 나는 헤겔 이야기를 해주었다. 그는 고개를 끄덕이고 미소 지으며 "그래, 그래! 정말이야! 대단해!"라고 속삭였다. 죽음을 앞두고도 돌아갈 곳 없는 이 외롭고 불쌍한 남자가 내보이는 애처로운 호기심! 나는 그 호기심에 눈물이 날 정도로 감동했다. 더욱이 그는 다른 폐병 환자와는 달리 자신의 병을 꿋꿋이 감당해 냈다. 그는 한탄하지도 않았고, 자신의 불행한 운명에 대해 불평하지도 않았다.

나는 그를 그곳에서 데리고 나가고 싶었다. 그리고 어디에서든 그의 병을 고칠 방도를 찾아보고 싶었다. 하지만 그는 나의 제안을 거절했다.

"고마워. 하지만 어디서 죽으나 마찬가지야. 어차피 겨울까지도 못 버틸 텐데…… 쓸데없이 남에게 폐를 끼칠 것 없어. 난 이 집이 편해. 물론 이 집 사람들이……."

"고약하다는 거구나."

"아니야. 그렇지 않아. 그냥 뭐, 정이 좀 없는 것뿐이지. 하지만 그들을 탓하고 싶지 않아. 게다가 내게 제법 친절한 이웃들도 있고……." 그는 다시 기침했다. "그런 건 아무래도 괜찮아. 단지 파이프 담배 한 번만 피울 수 있다면…… 담배만 피울 수 있다면 여한이 없을 텐데……."

그는 가볍게 윙크를 하더니 덧붙였다.

"그래도 꽤 괜찮은 인생이었어. 좋은 사람들도 많이 만났고……."

"친척들에게는 편지해도 좋잖아."

"뭣 하러? 그래 봤자…… 도와줄 형편도 못 되는데…… 내가 죽은 뒤에 소식쯤은 가겠지. 에이, 이런 이야기는 해서 뭐해? 그보다는 네가 해외여행할 때 본 것들 이야기나 좀 해줘."

나는 이야기를 했고 그는 열심히 들었다. 나는 해 질 녘에 그곳을 떠났다. 그로부터 열흘 뒤 나는 쿠르비아니코프 씨에게서 다음과 같은 내용의 편지를 받았다.

삼가 아룁니다. 저의 집에 기거하던 당신의 친구 대학생 아베니르 솔로코모프 씨가 사흘 전 오후 2시에 세상을 떠났습니다. 그는 오늘 제 부담으로 교구 내 교회 묘지에 묻혔습니다. 고인의 유언에 따라 책과 수첩 등을 보냅니다. 고인이 남긴 25루블 50코페이카는 다른 유품들과 함께 친척들에게 보내겠습니다. 친구분은 임종 직전까지 의식이 또렷했으며 아주 무덤덤하게 작별 인사를 우리들에게 고한 후 아쉬운 기색 없이 세상을 떠났습니다. 제

아내와 가족은 친구분의 죽음에 깊은 애도를 표하고 있
습니다.

G. 쿠르비아니코프


이밖에도 무수히 많은 예가 떠오르지만 일일이 다 소개할 수
는 없다. 그중 딱 한 가지 경우만 간단하게 소개하자.

나는 어느 늙은 여지주의 임종을 지켜본 일이 있었다. 신부
가 부인을 위해 마지막 기도문을 읊기 시작했다. 부인이 숨을
거두려는 듯해서 신부는 얼른 십자가를 건네주었다. 그러자 부
인이 기분 나쁘다는 듯 고개를 돌리더니 겨우 알아들을 수 있
는 목소리로 힘겹게 말했다.

"신부님, 너무 서두르시는군요. 너무…….."

그녀는 십자가에 입을 맞춘 후 베개 밑에 손을 넣은 채 숨을
거두었다. 베개 밑에는 1루블짜리 은화가 반짝이고 있었다. 임
종 기도를 해준 신부에게 헌금하려던 돈이었다.


정말이지 러시아인은 경탄할 만한 방법으로 죽음을 맞이한다.

# 체르토프하노프와 네도퓌스킨

어느 무더운 여름날 나는 마차를 타고 사냥에서 돌아오고 있었다. 예르몰라이는 내 곁에서 꾸벅꾸벅 졸며 코를 긁적이고 있었다. 먼지를 일으키며 길을 가던 마차가 수풀 안으로 들어가자, 마차 바퀴가 잔가지에 걸려 덜컹거리는 소리에 예르몰라이가 잠에서 깨어났다. 그는 주위를 둘러보더니 "오, 여기 분명히 뇌조가 있을 겁니다. 마차에서 내리시지요"라고 말했다.

우리는 마차를 멈추고 덤불 속으로 들어갔다. 내 사냥개가 새 무리를 발견했다. 나는 한 발 쏘고 나서 다시 탄알을 장전하려 했다. 바로 그때 뒤에서 부스럭거리는 소리가 나더니 말을 탄 사나이 한 명이 손으로 덤불을 헤치며 내게 다가왔다.

그가 큰 소리로 말했다.

"당신께 묻겠소…… 도대체 무슨 권리로 이곳에서 사냥하는 겁니까?"

나는 그의 얼굴을 바라보았다. 나는 평생 그런 얼굴을 본 적이 없었다. 친애하는 독자여, 여러분 스스로 그 모습을 그려보시라. 엷은 황갈색 머리칼에 약간 들창코인 붉은 코에 붉은 턱수염을 치렁치렁 늘어뜨리고 있는 사람의 모습을. 그는 진홍빛 왕관 문양을 천으로 해 박은, 끝이 뾰족한 페르시아식 모자를 이마까지 깊숙이 눌러쓰고 있었다. 또한 가슴에 낡은 우단으로 된 탄환 집이 달린 낡은 코카서스식 오버코트를 입고 있었다. 어깨 뒤로 뿔피리가 매달려 있었고 허리에는 단검을 차고 있었다.

생김새나 눈빛이나 목소리, 동작 모든 것에서 야성적인 대담함과 믿을 수 없을 만큼 무한한 자부심을 느낄 수 있었다. 그는 다시 한번 내게 똑같은 질문을 했다.

"여기가 사냥이 금지된 곳인 줄 몰랐습니다." 내가 대답했다.

"여긴 내 영지란 말이오."

"아, 그렇습니까? 바로 돌아가겠습니다."

"한 가지만 더 묻겠소. 당신, 혹시 귀족입니까?"

나는 내 이름을 그에게 알려주었다.

"그렇다면 어서 사냥하시오. 나도 귀족입니다. 같은 귀족의 편의를 봐주는 건 기쁜 일이오. 나는 판테레이 체르토프하노프라고 합니다."

말을 마치자 그는 말에 채찍질하고 사라져버렸다.

뜻하지 않은 그의 출현에 놀란 가슴을 진정시키기도 전에 이번에는 다른 사나이가 소리도 없이 풀숲에서 불쑥 나타났다. 마흔 살 정도의 뚱뚱한 그 남자는 작은 검은 말을 타고 있었다. 그는 모자를 벗더니 가늘고 부드러운 목소리로 밤색 말을 탄 사람을 보지 못했느냐고 내게 물었다. 나는 보았다고 대답했다.

"어느 쪽으로 갔습니까?"

"저쪽입니다."

그는 고맙다고 치하한 후 그쪽으로 달려갔다. 그의 인상은 먼저 본 사람과는 완전히 달랐다. 전체적으로 동글동글했으며 겸손해 보였다. 비록 낡은 프록코트를 입고 있었지만 옷차림은 깔끔했다.

나는 예르몰라이에게 그가 누구냐고 물어보았다.

"저 사람이요? 네도퓌스킨, 티혼 이바니치입니다. 체르토프하노프의 집에서 살고 있습니다."

"뭐 하는 사람인데? 가난뱅이인가?"

"부자는 아니지요. 하지만 체르토프하노프도 한 푼 없긴 마찬가지일 겁니다."

나는 두 사람에게 호기심이 일었다. 그토록 다른 사람이 한 집에서 살다니 무슨 사연이 있는 것일까? 내가 이런저런 수소문 끝에 알아낸 사연은 다음과 같다.

판테레이 예레메비치 체르토프하노프는 이 근방에서 위험한 미치광이 싸움꾼으로 알려져 있었다. 그는 매우 짧은 기간 동안 군 복무를 했다. 상관(上官)과 문제를 일으키는 바람에 보잘 것없는 계급으로 제대하고 말았다.

그는 뼈대 있는 가문 출신이었다. 하지만 조상들은 초원 지대 지주들이 그렇듯이 돈을 물 쓰듯 썼다. 그래서 그의 아버지가 유산을 상속받았을 때는 이미 가세가 기울어 있었다. 그의 아버지 역시 희한한 방법으로 가산을 탕진한 끝에 판테레이가 유산을 상속받았을 때는 베스소노보라는 저당 잡힌 작은 마을, 그 마을에 속한 남자 농노 서른다섯 명과 여자 농노 열여섯 명, 아무짝에도 쓸모없는 황무지 1만 9,000평밖에 남은 게 없었다.

판테레이는 교육을 제대로 받지 못했다. 그의 아버지는 이른 바 '합리 경영'을 한다며 엉뚱한 일로 재산을 축내는 데 몰두했기에 그를 조금도 돌보지 않았다. 그는 자기의 어머니 손에서 응석받이로 자랐다. 어머니는 더없이 착한 여자였지만 그만큼 우둔하기 짝이 없었다. 그녀는 판테레이의 교육을 알자스 출신 퇴역 군인에게 맡겼는데, 그 가정교사가 그야말로 엉망이었다. 그는 언제나 술을 퍼마시고는 온종일 잠만 잤다. 하지만 그의 어머니는 '이 사람이 그만두면 큰일이야. 어디서 또 사람을 구한단 말인가. 이웃 지주 집에서 간신히 빼왔는데'라는 생각에 가정교사 앞에서 늘 전전긍긍했고 약아빠진 가정교사는 그런 그의 어머니를 마음대로 농락했다.

그런 엉터리 학업 과정을 마치고 그는 군대에 들어갔다. 그때 이미 어머니는 세상을 떠난 뒤였다. 그의 아버지도 곧 배우자의 뒤를 따랐다.

판테레이는 아버지가 위독하다는 소식을 듣자 단숨에 집으로 달려왔다. 하지만 그는 살아 있는 아버지의 모습을 볼 수 없었다. 게다가 기대했던 것과는 달리 자신이 막대한 재산의 상속자가 아니라 가난뱅이로 전락했음을 알았을 때 이 효성 지극한 아들은 얼마나 놀랐을 것인가! 그런 급격한 변화를 제대로 견뎌낼 수 있는 사람은 거의 없다. 판테레이 역시 실망한 나머지 사람들을 멀리하게 되었다. 비록 응석받이로 자랐고 성격이 좀 급하긴 했지만 원래 정직하고 선량한 사람이었던 그가 건방진 싸움꾼으로 변해버렸다. 그는 이웃들과의 관계를 끊어버렸다. 부자를 방문하기에는 자존심이 허락하지 않았으며 가난뱅이는 경멸했기 때문이다.

그는 누구에게나 오만했다. 심지어 행정관리들에게도 함부로 대했다. 그리고 "나는 뼈대 있는 가문 출신이다"라고 입버릇처럼 말하곤 했다. 한번은 경찰 지서장이 모자를 벗지 않은 채 방에 들어왔다는 이유로 그에게 총을 쏘려고 한 적이 있을 정도였다. 당국에서도 무슨 수를 쓰건 그를 손봐주고 싶었지만 실은 은근히 그를 두려워하고 있었다. 워낙 흥분을 잘해서 댓바람에 칼을 들고 결투하자고 덤볐기 때문이다. 누구든 그에게 말대꾸하면 판테레이의 눈은 금세 번득이기 시작했고 그는 말을 더듬기 시작한다. "뭐, 뭐, 그, 그, 그래서……"라고 단속적인 음을 내뱉은 후에 "이런 제길!"이라고 소리치며 상대방에게 덤벼들었고, 그 지경이 되면 아무도 말릴 수 없었다.

게다가 그는 티 없이 결백한 사람이어서 뒤가 구린 짓은 절대로 하지 않았다. 물론 아무도 그를 찾아오는 사람은 없었다. 하지만 그는 선량한 사람이었으며 어떤 면으로는 고결한 사람이었다. 불의(不義)나 압제(壓制) 앞에서는 남의 일이라 할지라도 그냥 넘어가지 않았다. 또한 그는 자신의 농부들에게는 바위처럼 굳건한 바람막이가 되어주었다. 그는 자기 머리를 쾅쾅 치면서 말하곤 했다.

"뭐야? 내 사람들에게 손을 대? 이 체르토프하노프를 뭘로 보고!"

티혼 이바니치 네도퓌스킨의 집안은 판테레이 예레메비치 체르토프하노프와는 달리 별로 내세울 게 없었다. 그의 아버지는 농민 출신이었으며 40년간 관청에서 근무한 끝에 겨우 귀족으로 신분이 상승한 처지였다.

그의 아버지는 태어나서 죽는 순간까지 60 평생을 빈곤, 질병, 재난과 싸우며 힘겹게 살았다. 그에게는 자식이 여럿 있었지만 모두 죽어버리고 아들 티혼과 딸 미트로도라만 남았다. 딸은 어느 변호사에게 시집을 갔고, 아버지는 생전에 티혼을 어느 관리의 비서로 취직시켜주었다. 그러나 아버지가 죽자 티혼은 곧바로 사직할 수밖에 없었다. 상사의 얼굴만 봐도 몸이 떨리고 정신이 아득해지는 그의 성격 탓이었다.

자연은 냉정하지만 장난을 좋아한다. 자연은 사람들에게 그들의 사회적 지위나 재산과는 전혀 어울리지 않는 온갖 능력과

경향을 부여한다. 자연은 특유의 배려와 애정으로 가난한 관리의 아들인 티혼을 다감하고, 게으르며, 부드럽고, 감수성 강한 사람으로 빚어놓았다. 즉, 아주 섬세한 후각과 미각을 지닌, 향락을 즐기기에 알맞은 사람으로 만들어놓은 것이다. 그런 후 그의 운명은 그를 괴롭혔다기보다는 아예 가지고 놀았다.

운명은 그를 단 한 번도 절망으로 내몰지 않았고, 굶주림이라는 수치스러운 고통에 빠지게 하지도 않았다. 대신 운명은 그를 러시아 전 지역으로 끌고 다니며 온갖 비천하고 비굴한 짓을 다 하게 만들었다. 신경질적인 여자 집에서의 관리인 일, 돈 많은 구두쇠 상인의 식객 노릇, 눈이 툭 불거져 나온 귀족 집에서의 비서 일, 개를 좋아하는 귀족 집에서의 집사 겸 어릿광대 일 등…… 요컨대 운명은 가엾은 티혼에게 기생(寄生)살이 삶이 마셔야만 하는 쓰디쓴 독즙을 한 방울도 남김없이 마시게 한 것이었다.

그렇게 그는 성질 고약한 귀족들을 따분함에서 벗어나게 해 줄 짓을 하느라 좋은 시절을 다 보냈다. 자기 방으로 돌아온 그가 수치심에 얼굴을 붉히며 '그래, 내일이면 이 집에서 나갈 거야. 하다못해 하찮은 말단 서기 자리라도 얻자. 아니면 아예 굶어 죽든지……'라고 다짐한 것이 한두 번이 아니었다. 하지만 그는 절대로 결단을 내리지 못했다. 우선 하느님이 그에게 그런 자질을 베풀지 않으셨고, 둘째로 그는 겁쟁이가 되어 있었으며, 마지막으로 그가 과연 그런 일자리를 얻을 수 있는지, 누구에게 부탁해야 하는지 너무 막연했기 때문이다. 그리고 다음 날이면 어김없이 비굴한 짓을 다시 시작해야만 했다.

하지만 세심한 데까지 신경을 써주는 자연이 그만 그에게는 그런 비굴한 일에 어울리는 재능을 주지 않았다. 그는 곰 가죽 외투를 뒤집어쓴 채 기진맥진할 때까지 춤을 출 재주도 없었고, 채찍이 휙휙 귓전을 스치는 소리를 들으며 우스갯소리를 하거나 아첨하는 재주도 없었다. 또한 잉크와 온갖 더러운 것들을 뒤섞은 술과 식초를 잔뜩 뿌린 버섯을 소화할 수 있을 만큼 위장이 튼튼하지도 않았다. 만일 그의 마지막 주인이었던 부유한 상인이 기분 좋은 상태에서 유언장에 다음과 같은 말을 적어놓는 일이 벌어지지 않았다면 티혼의 운명이 어떻게 되었을지는 알 수 없는 일이다.


조자 티혼 네도퓌스킨에게 내 소유의 베스세렌제프카 마을과 그 부속 재산을 영구히 양도한다.

그로부터 며칠 뒤 주인은 철갑상어 알을 먹은 것이 탈이 나서 세상을 뜨고 말았다. 친척들이 몰려와 유언장을 개봉했다. 유언장에 네도퓌스킨의 이름이 있었으므로 그도 불려 왔다. 사람들은 모두 그가 이 집에서 무슨 일을 하고 있었는지 알고 있었다. 그가 나타나자 사람들은 비웃음을 섞어 그에게 축하 인사를 건넸다. 사람들이 유언장을 보여주자 네도퓌스킨은 눈물을 펑펑 쏟았다.

그러나 사람들은 그 모습을 보고 깔깔대며 웃어대기 시작했다. 베스세렌제프카는 농노가 스물두 명밖에 되지 않는 작은 마을이었으니 아까울 게 하나도 없었다. 그러니 그걸 내주는 대신, 한껏 즐겨보는 것도 좋은 일이리라!

그들 중 한 명은 "당신 어릿광대짓 하던 사람 아니야? 기막힌 방법으로 유산을 얻어냈군"이라며 어릿광대의 말투를 흉내냈고, 모두 그에게 한마디씩 하며 그를 놀려댔다. 네도퓌스킨은 어쩔 줄 모르고 당황한 표정으로 주위를 둘러볼 뿐이었다. 모두 악의에 찬 웃음을 띠고 있었고, 너무 웃어서 눈에 눈물이 고일 지경이었다.

누군가 다시 그를 놀렸다.

"수탉처럼 꼬끼오하고 울 줄도 알겠네."

다시 요란한 웃음소리가 터져 나왔다.

"그리고 코끝으로……."

그때였다. 그 사람이 말을 채 맺기도 전에 "닥치지 못할까!" 하는 고함이 들렸다. 이어서 "약한 사람을 괴롭히다니 부끄럽지도 않은가?"라는 위엄 있는 목소리가 들렸다.

모두 일제히 소리가 들리는 곳으로 시선을 돌렸다. 문간에 체르토프하노프가 서 있었다. 그는 죽은 상인의 오촌 조카뻘 자격으로 친족 회의에 참석했었다. 하지만 늘 그렇듯이 그는 유언장이 공개되는 자리에서도 뒷전을 지키고 있었다.

네도퓌스킨을 놀려대던 사람은 처음에는 남의 일에 무슨 상관이냐고 대들려다가 서슬 퍼런 체르토프하노프의 모습을 보고 뒤로 물러났다. 체르토프하노프는 티혼 이바니치에게 다가가 그의 손을 잡고 주위를 휙 둘러보았다. 아무도 그와 눈을 마주치지 않았다. 그러자 체르토프하노프는 베스세렌제프카를 정당하게 손에 넣게 된 새 지주의 손을 잡고 그 방에서 나왔다. 그리고 그날 이후부터 두 사람은 꼭 붙어 다니는 사이가 되었다. 베스세렌제프카는 체르토프하노프의 영지인 베스소노보에서 불과 8킬로미터 거리였던 것이다. 네도퓌스킨은 체르토프하노프에게 한없는 감사의 마음을 품게 되었고, 그런 감사의 마음은 농노가 주인에게 품을 수 있는 존경심으로 바뀌었다.

두 사람을 만난 지 며칠 후에 나는 판테레이 예레메비치 체르토프하노프를 방문하러 그의 집으로 갔다. 그의 저택은 저택이라고 하기에는 너무 초라했다. 낡은 오두막 네 채와 바깥채, 마구간, 헛간, 목욕탕만 있을 뿐 울타리조차 없었다. 나는 마차에서 내려 현관 계단 앞에서 문을 두드렸다. 안에서 들어오라는 소리가 들렸고 나는 우중충한 집 안으로 들어갔다.

체르토프하노프는 개를 훈련시키고 있었다. 내가 나타나자 그는 빵 한 조각을 개 코 위에 올려놓고 옆방을 향해 소리쳤다.

"티혼 이바니치, 이리 건너와. 손님이 오셨어."

"그래, 알았어, 바로 갈게." 옆방에서 티혼 이바니치가 대답한 후 말했다. "마샤, 내 넥타이 좀 줘요."

이윽고 체르토프하노프가 개를 밖으로 쫓아냈고, 옆방으로 향하는 문이 열리더니 네도퓌스킨 씨가 다정한 미소를 지으며 나타나서 내게 인사했다. 나도 일어나 머리 숙여 인사했다.

우리는 자리에 앉아 사냥 이야기, 사냥개 이야기 등 잡담을 나누었다. 내가 체르토프하노프의 사냥개가 훌륭하다고 칭찬하자(솔직히 입에 발린 소리였다. 그의 사냥개는 보르조이종이었는데 보르조이종은 언제나 멍청하다) 그의 기분이 좋아졌다.
그가 갑자기 소리쳤다.

"그래, 마샤를 혼자 두게 할 필요 없지. 이봐, 마샤, 마샤, 이
리 와!"

누군가가 옆방에서 움직이는 기척이 들렸다. 그러나 아무 대
꾸가 없었다. 그러자 체르토프하노프가 부드러운 목소리로 다
시 말했다.

"마샤, 어색해할 것 없어. 어서, 이리 와."

문이 조용히 열리더니 스무 살쯤 된 키 크고 날씬한 여성이
들어섰다. 타르처럼 까만 머리를 땋아 내린, 까무잡잡한 얼굴의
집시 여자였다. 갈색 눈동자를 하고 있었으며 하얀 이가 도톰
하고 새빨간 입술 사이에서 빛나고 있었다.

"소개하겠습니다." 판테레이 예레메비치가 말했다. "뭐, 정
식 아내는 아니지만, 아내와 다름없는 여자입니다."

마샤가 얼굴에 홍조를 띠며 부끄러운 듯 고개 숙이며 미소
지었다. 나도 되도록 깊숙이 머리를 숙였다.

무척 매력적인 얼굴이었다. 섬세하게 봉긋 솟은 콧잔등, 높
이 치켜진 대담한 눈썹의 선, 약간 꺼져 들어간 창백한 뺨 등,
이목구비 모든 것이 그녀의 자유분방한 정열과 당찬 성격을 그

대로 보여주고 있었다. 둘둘 말아 올린 머리칼 아래로 윤기 나는 잔털들이 두 가닥 줄지어 나 있었다. 그의 종족의 상징이며 정열의 상징, 바로 그것이었다.

여자는 창가로 가서 앉았다.

체르토프하노프가 그녀에게 말했다.

"마샤, 손님에게 뭔가 대접해야 하지 않겠어?"

"과일 절임이 조금 있어요."

"그러면 그걸 가져와. 그리고 보드카도 가져오고. 그리고 마샤, 기타도 좀 가져와."

"기타는 왜요? 저, 노래 부르지 않을래요."

"왜?"

"부르고 싶지 않으니까요."

"말도 안 돼. 부르고 싶어질걸. 만일……."

그러자 마샤가 갑자기 눈썹을 찌푸리며 말했다.

"만일 뭐예요?"

"아니, 만일 손님이 청하신다면……." 체르토프하노프는 멋쩍은 듯 덧붙였다.

여자가 나가더니 곧 과일 절임과 보드카를 가지고 들어왔다. 처음에는 분위기가 어색했다. 하지만 마샤가 곧 분위기를 잡았고 우리는 마치 어린아이들처럼 유쾌하게 춤을 추며 놀았다. 마샤가 옆방으로 뛰어가더니 기타를 가져와 연주하며 노래를 했다. 그녀는 노래하면서 마치 불 위에 얹어놓은 자작나무처럼 온몸을 비비 꼬았다. 네도퓌스킨은 도기로 만든 중국 인형처럼 고개를 흔들었고 체르토프하노프는 엉덩이가 땅에 닿을 정도로 주저앉았다가 다시 천장을 뚫을 듯이 뛰어오르기도 하고 팽이처럼 뱅글뱅글 돌면서 "좋아, 좋아, 더 빨리"라고 외치기도 했다.

"더 빨리! 더 빨리! 더 빠르게! 더 빠르게!" 네도퓌스킨이 수놈 오리가 암오리 꽁무니를 따라다니듯, 짧은 다리를 기우뚱거리며 마샤의 뒤를 쫓아다니면서 빠른 어조로 맞장구를 쳤다.

그날 밤 나는 밤이 깊어서야 베스소노보를 떠났다.

# 체르토프하노프의 최후

1.

내가 그 집을 방문한 지 2년이 지나서 판테레이 예레메비치에게 재앙이 닥치기 시작했다. 이제까지 그는 온갖 절망, 재난, 그리고 불운을 겪으면서도 전혀 끄떡없이 그것들 위에 '제왕처럼' 군림해왔었다. 하지만 이번에 그가 처음으로 맛본 재앙은 그에게 정말 큰 타격을 주었다. 마샤가 그를 떠난 것이다.

그녀는 그토록 편하게 지내던 이 집을 왜 떠나려 한 것일까? 그 이유를 분명하게 설명하기는 어렵다. 체르토프하노프는 야프라는 이름의 이웃 젊은 퇴역 기병 대위 때문이라고 죽을 때까지 믿었다. 하지만 마샤의 핏줄에 흐르는 집시의 방랑 기질이 더 큰 원인이라고 봐야 한다. 그건 그녀가 체르토프하노프에게 남긴 말들을 보아도 알 수 있는 일이다.

체르토프하노프가 마지막 남은 하운드 개 두 마리가 죽었다는 사냥개 지기의 말을 듣고 개 사육장으로 갔다가 돌아오는 길이었다. 하녀가 허겁지겁 그에게 달려오더니 떨리는 목소리로 말했다.

"마님이 떠나셨어요. 주인님이 행복하시길 빈다고, 절대로 되돌아오지 않을 거라고 하셨어요."

체르토프하노프는 짐승처럼 포효하더니 권총을 집어 들고 곧장 여자를 뒤쫓았다.

그는 자기 집에서 2킬로미터 정도 떨어져 있는 큰길가 자작나무 숲 어귀에서 그녀를 따라잡았다. 해는 지평선 위로 뉘엿뉘엿 지고 있었고 주위는 온통 진홍빛으로 물들어 있었다. 나무건, 풀들이건, 땅이건 모두…….

그는 그녀를 보자마자 소리쳤다.

"야프 놈에게 가는 거지!"

마샤는 걸음을 멈추고 그와 마주 섰다. 그리고 차분한 어조로 말했다.

"야프 씨에게 가는 게 아니에요. 더 이상 당신과 살 수 없을 뿐이에요."

"나랑 살 수 없다고? 도대체 왜? 내가 당신에게 잘못한 거라도 있나?"

마샤는 고개를 저었다.

"그런 거 없어요. 다만 가슴이 좀 답답했을 뿐이에요. 지금까지 거기 살게 해주셔서 고마워요. 하지만 더 이상 거기 있을 수 없어요. 도저히!"

"갑자기 잘 지내다가 왜 이러는 거야? 모두 마님처럼 잘 받들어 모시잖아."

"그런 건 바란 적 없어요."

"뭐? 그런 건 바라지 않는다고? 떠돌이 집시가 귀족 집 마님이 되셨는데 그걸 바라지 않는다? 아니, 그걸 마다할 사람이 어디 있어. 분명히 놈팡이가 생긴 거야!"

"그런 건 없어요. 생각해본 적도 없고요. 분명히 말씀드렸잖아요. 가슴이 답답하다고."

그는 꼬박 30분 마샤와 실랑이했다. 그는 마샤 곁으로 다가갔다가 멀어지기도 했고, 두 손을 머리 위로 쳐들고 내리칠 자세를 취했다가 이내 머리를 조아리기도 했으며, 울부짖다가 욕지거리를 해대기도 했다.

마샤가 되풀이했다.

"소용없어요. 난 정말이지 슬프고…… 지겨워서 견딜 수가 없어요."

그 말을 하면서 마샤의 얼굴은 점점 넋이 나간 듯, 거의 잠에 취한 표정이 되었다.

"그렇다면 내가 죽여주지. 어때?" 그가 갑자기 고함을 치며 주머니에서 권총을 꺼냈다.

마샤는 얼굴을 빛내며 웃었다.

"그래요, 죽여주세요. 당신 마음대로 해요. 하지만 전 절대로 돌아갈 수 없어요."

그러자 체르토프하노프가 그녀의 손에 권총을 쥐여주고는 땅바닥에 털썩 주저앉으며 말했다.

"그렇다면 네가 나를 죽이고 가. 너 없이는 더 이상 살고 싶지도 않아. 네가 나를 싫다고 하니 나는 세상 모든 게 다 싫어졌어."

마샤는 권총을 풀밭에 내려놓더니 그의 곁으로 가서 말했다.

"사랑하는 판테레이, 뭘 그렇게 슬퍼하세요? 우리 집시가 이런 줄 모르셨어요? 우리 집시들은 원래 그렇게 생겨먹었어요. 있던 곳이 지겨워져서, 멀리 낯선 곳으로 떠나라고 그 무엇인가가 우리 영혼 속에서 속삭이는데 어떻게 머물 수가 있겠어요? 당신의 마샤를 잊지 마세요. 저 같은 여자는 더 이상 만날 수 없을 거예요. 사랑하는 당신, 저도 당신을 절대 잊지 않을 거예요. 하지만 우리가 더 이상 함께 지낼 수는 없어요."

"난 너를 사랑했어. 지금도 미칠 듯이 사랑하고…… 그런데 아무런 이유도 없이 이렇게 나를 떠나겠다니! 그래, 알겠어. 내가 돈 한 푼 없는 빈털터리라서 나를 버리는 거지?"

그러자 마샤는 엷은 미소를 지으며 대답했다.

"언제는 내가 너무 돈을 모르는 여자라고 하시더니……."

그 말과 함께 그녀는 체르토프하노프의 어깨를 힘차게 내리쳤다.

그가 벌떡 일어났다.

"그렇다면 최소한 돈이라도 가지고 가! 한 푼 없이 어떻게 지내려는 거야? 그보다는 차라리 날 죽여! 자, 단번에 나를 죽여버리라고!"

마샤는 다시 고개를 저었다.

"싫어요. 당신을 왜 죽여요? 저는 시베리아로 유배 가기 싫은걸요."

그가 다시 풀밭에 털썩 주저앉았다.

"고작 그따위 이유로…… 유배 가기 싫어서……."

그녀가 한숨을 내쉬며 말했다.

"정말 미안해요. 당신은 좋은 사람이에요. 하지만 어쩔 수 없어요. 자, 안녕히 계세요."

그녀는 붙잡는 체르토프하노프의 손을 뿌리치고 걸음을 옮겼다. 그녀의 뒷모습을 지켜보던 체르토프하노프는 권총이 놓인 자리로 달려갔다. 그는 권총을 집어 들더니 겨냥하고 방아쇠를 당겼다…… 그러나 방아쇠를 당기기 전에 그는 권총 쥔 손을 위로 치켜들었고 총알은 마샤의 머리 위로 날아갔다. 그녀는 걸음을 멈추지 않은 채 어깨너머로 그를 바라보았다. 마치 그를 놀리기라도 하는 듯 그녀는 몸을 흔들며 걷고 있었다.

그녀가 점점 멀어져갔다. 체르토프하노프는 얼굴을 가리고 그녀의 뒤를 쫓아 달리기 시작했다. 그러다가 그는 마치 돌이 된 듯 그 자리에 우뚝 서버리고 말았다. 그에게 친숙한, 너무나 친숙한 목소리가 들려온 것이다. 마샤가 부르는 노랫소리였다.

그녀는 〈청춘은 아름다워라〉를 노래하고 있었다. 애절하면서도 정열에 불타는 음절 하나하나가 저녁 하늘 속으로 잠겨들었다. 그는 귀를 기울였다. 노랫소리는 점점 멀어지다가 이윽고 사라지는 듯하더니 다시 너울너울 되돌아왔다. 겨우 알아들을 정도였지만 여전히 불타는 정열이 담겨 있었다.

'나를 놀리려고 저러는 거야'라고 체르토프하노프는 생각했다. 하지만 그는 곧 신음을 냈다.

"아니야. 내게 영원히 작별을 고하고 있는 거야."

눈물이 그의 볼을 타고 흘러내렸다.

이후 그는 마샤의 소식을 듣지 못했다. 그는 한동안 마구 술을 퍼마셨지만 이내 제정신으로 돌아왔다. 하지만 이때 그에게 두 번째 재앙이 닥쳤다.


2.

그의 둘도 없는 친구 티혼 이바니치 네도퓌스킨이 죽은 것, 그게 바로 두 번째 재앙이었다. 네도퓌스킨은 죽기 2년 전부터 건강이 나빠졌다. 그는 천식에 시달렸으며 끊임없이 잠만 잤고, 눈을 뜨더라도 이내 정신을 차리지 못했다. 의사는 '중풍 비슷한 것'이라고 진단했다.

마샤가 집을 나가기 사흘 전, 즉 마샤가 '가슴이 답답해지기' 시작한 지 사흘 전부터 네도퓌스킨은 심한 감기에 걸려 자신의 영지인 베스세렌제프카에 누워 있었다. 그런 그에게 마샤의 돌발적인 행동은 아주 큰 충격을 주었다. 그는 당사자인 체르토프하노프보다 더 깊은 상처를 입었다. 원래 성격이 온순하고 소심했기에 그는 자기의 친구를 향한 동정심과 당혹감만을 겉으로 드러내 보였다. 하지만 그 사건은 그의 모든 것을 앗아갔고 모든 것을 파괴해버렸다. 그는 자기가 좋아하는 소파에 앉아 손가락을 비비 꼬며 "그녀가 내 심장을 갈기갈기 찢어버렸어"라고 중얼거리곤 했다.

체르토프하노프가 모든 것을 극복하고 정상을 되찾았을 때도 그는 회복하지 못했다. 그는 무언가 속이 텅 빈 것 같은 느낌에 사로잡혀, 가슴 한복판을 가리키며 "바로 여기야"라고 말하곤 했다. 그는 겨울까지 죽 누워 지냈으며 천식은 좀 가벼워졌지만 이번에는 '중풍 비슷한 것'이 아니라 진짜 중풍에 걸리고 말았다.

체르토프하노프가 그에게 "어떻게 이럴 수 있어? 어떻게, 내 허락도 받지 않고 마샤처럼 이럴 수 있는 거야?"라고 절망적으로 부르짖자 그는 "오…… 파…… 에이…… 에…… 비치…… 그래…… 언제나…… 네…… 말은…… 잘…… 들었는데……"라고 잘 굴러가지 않는 혀로 대답했다. 그리고 의사가 도착하기도 전에 바로 세상을 뜨고 말았다.

3.

친구를 잃고 나서 체르토프하노프는 다시 술독에 빠졌다. 이번에는 그 정도가 훨씬 심했다. 게다가 모든 상황이 악화되었다. 사냥하려 해도 돈이 없었다. 얼마 안 남았던 돈도 바닥이 나버렸으며 몇 명 안 되던 하인들도 도망가버렸다. 그는 완전히 외톨이가 되었다. 말을 걸 사람도 없었으며 마음을 털어놓을 만한 상대는 더더욱 없었다. 그에 반비례해서 그의 자존심만 더욱 부풀어 오를 뿐이었다. 상황이 악화될수록 그는 점점 더 가까이하기 어려운 사람이 되었으며 결국 모든 사람을 다 혐오하게 되었다.

하지만 그에게는 오로지 한 가지 위안, 한 가지 기쁨이 남아 있었다. 그가 말렉 아델리라고 이름 지은 돈 품종의 뛰어난 잿빛 말이었다.

그가 그 말을 손에 넣게 된 계기는 다음과 같다.

어느 날 그는 말을 타고 이웃 마을을 지나고 있었다. 그런데 농부들이 어느 술집 앞에 잔뜩 모여 고함을 지르고 있는 모습이 보였다. 체르토프하노프는 오두막 앞에 서 있는 한 노파에게 특유의 명령조로 물었다.

"무슨 일인가?"

"글쎄요, 나리. 마을 젊은이들이 유대인 한 명을 패는 것 같습니다요."

"유대인? 무슨 유대인인데?"

"글쎄요. 그냥 우리 마을에 나타났는데, 뭘 하는 사람인지는 모릅니다요. 그냥 지금 저렇게 사람들에게 맞고 있지요."

"왜? 도대체 무슨 짓을 했는데?"

"나리, 저는 모릅니다요. 어쨌든 맞을 짓을 했겠지요. 하긴 맞아도 싸지 않나요? 예수님을 십자가에 매달았으니까요."

체르토프하노프는 말에 채찍질을 가해 곧장 군중들 쪽으로 달려갔다. 그러고는 고함을 내지른 후 농부들을 채찍으로 후려갈기며 외쳤다.

"이 나쁜 놈들! 법도 모르는 멍청한 놈들! 처벌은 법만이 내릴 수 있는 거지, 개인이 할 수 있는 게 아닌 걸 모르느냐! 법률! 법률! 법!"

군중들은 곧바로 줄행랑을 쳤다. 그러자 땅바닥에 죽은 듯 뻗어 있던 사람이 벌떡 일어나 체르토프하노프 뒤쪽으로 달려오더니 그의 다리에 가슴을 꼭 붙인 채 애원했다.

"나리, 저를 살려주십시오. 나리가 저를 구해주시지 않으면 저들이 저를 죽일 겁니다. 저를 죽일 거예요."

체르토프하노프가 그에게 물었다.

"뭘 어쨌다고 저들이 너를 때리고 있는 거냐?"

"저도 도무지 영문을 모르겠습니다요…… 이 마을의 가축들이 죽기 시작했다며…… 그걸 제 탓이라고 하면서…… 하지만 전……."

체르토프하노프가 그의 말을 가로막았다.

"됐어. 안장에 단단히 매달려 나를 따라와."

체르토프하노프는 턱수염을 쓸어내리고 콧방귀를 뀌며, 그 옛날 티혼 이바니치 네도퓨스킨을 구해주었던 것처럼 박해자들 틈에서 구해낸 유대인을 데리고 유유히 집으로 돌아왔다.


4.

그로부터 며칠 뒤였다. 체르토프하노프의 집에 유일하게 남아 있던 하인이 누군가 찾아왔다고 전했다. 그가 밖으로 나가보니 그가 구해준 유대인이 있었다. 그는 늠름하게 생긴 말을 타고 있었다.

그를 보자 유대인은 정중하게 인사를 했지만 그는 배알이 꼴렸다.

'재수 없는 유대인 놈! 감히 이런 훌륭한 말을 타고 오다

니…… 무례하기 짝이 없구나!'

체르토프하노프를 보자 유대인은 황급히 말에서 내리더니 말고삐를 쥐고 그에게 다가왔다.

체르토프하노프가 위엄 있게 물었다.

"무슨 일이냐?"

"나리, 이 말이 어떤지 좀 봐주십시오." 유대인이 연신 허리를 굽실거리며 말했다.

"음…… 어디 보자…… 괜찮군…… 어디서 얻은 거야? 분명 훔쳤겠지?"

"나리, 무슨 그런 말씀을 하십니까? 저는 정직한 유대인입니다. 훔치다니요? 나리께 드리려고 산 겁니다요. 정말입니다. 얼마나 힘들게 샀는데요. 정말 고생깨나 했습니다. 자, 이 말을 좀 보세요. 이런 말은 돈 지방을 다 뒤져도 찾기 힘들 겁니다. 나리, 보십시오. 정말 훌륭한 말이지요? 자, 이리 와보세요. 어서 오셔서 옆모습을 한번 보세요."

"괜찮은 말이야."

체르토프하노프는 짐짓 태연한 척했지만 그의 심장은 마구 벌렁벌렁했다. 그는 진정한 말 애호가였고, 한눈에도 그 말이 훌륭한 말임을 알 수 있었던 것이다.

체르토프하노프는 마지못해 그러기라도 하는 듯 말 목덜미에 손을 얹고 툭툭 건드렸다. 그리고 손길을 말갈기로부터 등 쪽으로 옮겼다. 말은 앞다리를 움직거리더니 체르토프하노프를 곁눈질하며 힝힝 소리를 냈다. 그러자 유대인이 웃음을 터뜨리더니 손뼉을 치면서 말했다.

"나리, 이 말이 주인을 알아보는군요. 나리께서 주인인 줄 아는 겁니다."

"무슨 쓸데없는 소리를! 네게서 이 말을 사려 해도 내겐 돈이 없어. 그리고 그걸 선물로 거저 받고 싶지 않아. 하느님이 주신다 해도 거저 받는 건 싫다고!"

"아이고, 제가 언제 거저 드린다고 했습니까요? 나리, 제게서 사십시오. 다만…… 다만…… 돈은…… 천천히 주셔도…….'"

체르토프하노프는 생각에 잠겼다.

"얼마나 받을 건데?" 마침내 그가 중얼거리듯 말했다.

유대인은 어깨를 으쓱했다.

"제가 치른 값만 주십시오. 200루블입니다."

말은 그 두 배 이상의 값어치가 있었다. 아니, 그 세 배가 넘을지도 몰랐다.

체르토프하노프는 그를 외면하면서 하품을 했다.

"그럼 돈은? ……언제?"

"나리께서 형편이 되시는 대로 아무 때나 주십시오."

"그건 대답이 아니야. 분명히 말하라고! 언제까지나 너 같은 놈에게 빚을 지고 살라는 거냐!"

유대인이 황급히 말했다.

"그렇다면…… 여섯 달 후에 주시는 건 어떨까요? 괜찮으시 겠습니까?"

체르토프하노프는 아무 대꾸도 하지 않았다. 유대인은 그의 안색을 살피며 조심스럽게 말했다.

"그럼 저놈을 마구간에 넣을까요?"

그러자 체르토프하노프가 말했다.

"안장은 필요 없어. 값은 여섯 달 뒤에 치르지. 그리고 값은 200루블이 아니야. 250루블 쳐주겠어. 알겠지? 내가 250루블 을 빚진 거야."

체르토프하노프는 여전히 눈을 들고 싶지 않았다. 이제까지 그가 이토록 자존심에 상처를 입은 적은 한번도 없었다. 그는 생각했다.

'선물로 주려는 게 틀림없어. 개자식, 지난번 일에 대한 보답

으로 끌고 온 거지.'

그는 이 유대인을 껴안아주고 싶기도 했고 한편으로는 두들겨 패주고 싶기도 했다. 그는 "게 누구 없느냐! 어서 이 말을 마구간에 갖다 매라! 귀리도 좀 주고. 좀 있다 내가 가보겠다. 이 말의 이름은 말렉 아델리로 한다!"라고 소리쳤다.

체르토프하노프는 현관 층계를 올라가려다가 몸을 돌렸다. 그는 유대인에게 다가가더니 그의 두 손을 꼭 잡았다. 유대인이 그의 손에 입을 맞추려고 몸을 숙이자 그는 뒤로 물러서더니 "아무에게도 말하지 마!"라고 속삭인 후 집 안으로 사라져버렸다.


5.

바로 그날부터 체르토프하노프의 삶에서 주된 관심, 주된 일, 주된 기쁨은 오로지 말렉 아델리였다. 그는 마샤보다도 말렉을 더 사랑했으며 네도퓌스킨보다도 말렉에게 더 애착을 느꼈다.

말렉! 정말로 더할 나위 없이 훌륭한 말이었다. 불, 그야말로 불이었고, 화약처럼 폭발력을 지니고 있었다. 게다가 귀족처럼 점잖았으니! 지칠 줄 몰랐고, 끈기가 있었으며, 무엇을 시키건 그대로 했다. 게다가 돈도 별로 들지 않았다. 먹을 것이 없으면 발밑의 흙이라도 씹을 정도였으니!

천천히 걸을 때면 유모의 품에 안겨 자장가를 듣고 있는 것 같았고, 달릴 때는 물결에 흔들리는 것 같았으며 속력을 내면 바람도 쫓아오지 못할 정도였다. 숨을 헐떡이지도 않았으며 다리가 강철 같아서 도무지 어디에 걸려 넘어지는 일도 없었고 도랑이나 울타리는 식은 죽 먹듯 쉽게 뛰어넘었다. 게다가 얼마나 영리했던지! 주인 목소리를 들으면 머리를 쳐들고 달려오고, 꼼짝 말고 있으라고 말하면 주인이 자리를 떠나도 그 자리에 꼼짝도 않고 그대로 서 있었다. 또 뭘 무서워하는 법도 없다. 어두운 곳에서도, 눈보라가 휘몰아쳐도 어김없이 길을 찾아낸다. 무슨 일이 있어도 낯선 사람이 곁으로 오지 못하게 한다. 자존심이 강한 말이어서 그냥 장식품처럼 채찍을 손에 드는 건 괜찮지만 절대로 말의 몸에 채찍이 닿아서는 안 된다! 말렉에게 채찍질이라니! 가당치도 않다! 말렉은 말이 아니라 완벽한 보물 바로 그것이었다.

체르토프하노프는 자주 말을 타고 밖으로 나갔다. 이웃들을 만나러 가는 것이 아니었다. 그는 여전히 그들을 피했다. 다만 먼발치에서 그들이 감탄해주기를 바랄 뿐이었다. 그는 보는 이

들이 경탄하는 것은 즐겼지만 절대 아무도 가까이 오지 못하게 했다.

한번인가는 이런 일이 있었다. 사냥을 좋아하는 어느 돈 많은 지주가 말렉을 보고 반했다. 그는 체르토프하노프가 멀어지는 것을 보고 전속력으로 말을 달려 그를 쫓아가며 외쳤다.

"이보세요! 내 말 좀 들어보시오! 말을 내게 주시면 뭐든 원하는 대로 드리리다! 1,000루블이라도 아깝지 않소! 내 마누라와 자식들도 드리리다! 내 재산을 다 드려도 좋소."

그러자 체르토프하노프가 그 자리에 멈춰 서더니 엄숙하게 말했다.

"만일 당신이 황제였다면 당신은 당신의 왕국을 통째로 바치고 이 말을 얻고 싶었겠지. 하지만 나는 당신의 왕국도 사양하겠소."

체르토프하노프가 "이랴!" 하며 전광석화처럼 사라지자 그 지주는 모자를 땅바닥에 내팽개치고는 그 모자에 얼굴을 묻은 채 30분을 꼼짝 않고 있었다고 한다. 전해지는 바에 의하면 그는 부유한 공작이었다고 한다.

체르토프하노프가 어찌 이 말에 긍지를 느끼지 않을 수 있었겠는가? 그는 그 말 덕분에 다시 이웃들에게 확실한 우월감,

그의 마지막 우월감을 지닐 수 있었으니!

6.

그러는 사이 세월이 흘러 말렉의 값을 치를 날이 다가왔다. 하지만 체르토프하노프에게는 250루블은커녕 50루블조차 없었다. 그는 결심했다.

'그래, 집이든 땅이든 다 넘기는 거야. 그리고 말을 타고 그냥 떠나는 거야. 굶어 죽는 한이 있더라도 말렉을 넘겨줄 수는 없어.'

그런데 운명의 신이 그의 평생에 딱 한 번 그에게 미소를 지어주었다. 그가 이름조차 모르는 먼 친척 아주머니가, 당시 그의 형편에 비추어 거금이라고 할 수밖에 없는 2,000루블의 돈을 그에게 유산으로 남기고 세상을 떠난 것이다. 게다가 그는 그 돈을 위기일발의 순간에 받을 수 있었다. 유대인과 약속한 날 바로 하루 전에 받은 것이다.

그는 기뻐 어쩔 줄 몰랐지만 보드카는 생각조차 하지 않았다. 말렉 아델리를 손에 넣은 그날 이후로 그는 술 한 방울도 입에 대지 않았다. 그는 마구간으로 달려가서 자기의 유일무이한 친구의 콧등에 마구 입을 맞추었다. 그는 말렉 아델리의 깨

곳하게 빗어 내린 갈기 아래를 두드리며 "이제 헤어지지 않아도 돼!"라고 외쳤다.

방으로 돌아온 그는 250루블을 헤아려 봉투에 넣은 후 남은 돈을 어디에 쓸까 궁리하며 기분 좋게 잠자리에 들었다.

그날 그는 불길한 꿈을 꾸었다. 사냥을 나갔는데 그가 타고 있던 것은 말렉이 아니라 낙타처럼 생긴 이상한 짐승이었다. 문득 저쪽에서 하얀 여우 한 마리가 튀어나왔다. 그는 채찍을 휘두르며 개들에게 덤벼들라고 독려했다. 그런데 그가 들고 있던 것은 채찍이 아니라 한 다발의 나무껍질이었다. 여우는 그의 앞에서 이리저리 뛰어다니면서 얄밉게 혀를 날름거리며 그를 놀려댔다. 그는 낙타에서 뛰어내리다 그만 비틀거리며 쓰러졌다. 그런데 그가 쓰러진 것은 웬 경찰의 품 안이었다…… 경찰은 그를 총독 앞으로 끌고 갔다. 그런데 그 총독은 바로 야프였다…….

체르토프하노프는 눈을 떴다. 방 안은 캄캄했으며 닭이 우는 소리가 들렸다. 그리고 어디선가 말 울음소리가 들렸다.

그는 머리를 들었다…… 다시 한번 아주 희미한 말 울음소리가 들렸다.

'말렉의 울음소리잖아. 그런데 왜 저렇게 멀리서 들리는 거

지? 설마…… 아냐, 그럴 리 없어…….'

체르토프하노프는 온몸이 얼어붙는 것 같았다. 그는 벌떡 일어나 장화와 옷을 더듬어 찾아 신고 입었다. 그는 베개 밑에 넣어두었던 마구간 열쇠를 움켜쥐고 마당으로 뛰쳐나갔다.


7.

그는 제발 말 숨소리라도 들렸으면 하는 기분으로 마구간 열쇠를 돌렸다. 그러나 죽음과도 같은 정적이 흐를 뿐 아무 소리도 들리지 않았다. 게다가 열쇠를 돌릴 필요도 없이 마구간 문이 저절로 열렸다. 그는 자신이 잠가놓지 않은 모양이라고 생각하며 스스로를 달랬다.

그는 재빨리 안으로 들어갔다. 하지만 마구간에는…… 마구간에는…… 아무것도 없었다!

"도둑이다! 도둑! 페르피시카! 도둑이 들었다."

어린 하인 페르피시카가 셔츠 한 장만 걸친 채 쏜살같이 뛰어왔다.

체르토프하노프는 하인에게 불을 붙이라고 한 후, 함께 다시 마구간을 샅샅이 뒤졌다. 하지만 아무것도 없었다. 그리고 마구간 옆 울타리가 쓰러져 있었다. 그것을 보고 페르피시카가 주인에게 외쳤다.

"주인님, 이것 좀 보세요. 아까 낮에만 해도 이렇지 않았어요. 여기 말뚝까지 뽑혀 있네요. 어떤 놈이 일부러 뽑은 게 분명해요."

체르토프하노프는 호롱불로 땅바닥을 비춰보았다.

"여기 말 발자국이다, 말 발자국! 분명 이리로 끌어낸 거야, 이리로!"

그는 눈 깜짝할 새에 울타리를 뛰어넘어 "말렉! 말렉!"이라고 소리치며 들판을 향해 달려갔다.


8.

그는 날이 훤히 밝아서야 집으로 돌아왔다. 목숨이 붙어 있는 사람 같지 않았다. 옷은 온통 진흙투성이였으며 표정은 사나운 짐승 같았다.

그는 방 안에 틀어박혔다.

'도대체 어떤 놈이 말렉을 훔쳐갔단 말인가? 말렉이 없어졌으니 드디어 죽을 때가 온 거야. 돈이 있으니 한 마리 더 살까? 아니야, 도대체 어디서 말렉 같은 말을 살 수 있단 말인가!'

그때 하인이 와서 말을 판 유대인이 왔다고 전했다. 체르토프하노프는 유대인에게 말을 도둑맞았다며 그를 데리고 함께 마구간으로 가서 다시 샅샅이 살펴보았다. 그러다가 그는 무릎을 탁 쳤다.

"잠깐, 자네 그 말을 어디서 샀지?"

"마로아르한겔리스크 군의 베르호센스크 마시장에서요." 유대인이 대답했다.

"누구한테서?"

"카자크 사람입니다."

"잠깐, 젊은이였나, 늙은이였나?"

"중년 정도였습니다."

"그놈 분명 사기꾼처럼 생겼겠지? 그래, 그놈이 훔친 거야. 무슨 수를 써서라도 그 카자크 놈을 찾아내야 해."

"하지만 어디서 찾습니까? 저도 마시장에서 딱 한 번 봤을 뿐인데요."

"이보게, 제발 나를 좀 도와주게. 난 지금 살아 있어도 산목숨이 아니야. 자네가 나를 도와주지 않으면 자살하고 말 거야."

"하지만 제가 어떻게?"

"나와 함께 떠나자고. 함께 그 도둑놈을 찾아내자 이거야."

"아니, 대체 어디로 가시자는 건지?"

"마시장이란 마시장은 다 둘러봐야지. 큰길, 작은 길, 다 뒤지는 거야. 말 도둑들 소굴, 읍내, 도시, 농장 모조리 뒤져야 해! 그 카자크 놈을 반드시 잡아내고 말겠어. 그놈이 악마에게로 달아나면 악마의 괴수인 사탄에게라도 가겠어!"

"아니, 사탄에게까지 갈 필요는 없지 않을까요?" 유대인이 한마디했다.

"어쨌든 나 혼자 떠나서는 아무 소용없어. 제발 나와 함께 가 주게. 나는 자네가 훌륭한 사람인 걸 알고 있어. 나, 돈이 없는 줄 알지? 자, 내 방으로 가세. 내겐 돈이 많아. 그거 다 자네 줄 테니 제발 함께 가세."

불쌍한 유대인은 거절할 도리가 없었다. 땀을 구슬처럼 흘리고 눈물을 흘리면서, 마치 열병에 걸린 듯 온몸을 떨며 애걸하는 체르토프하노프를 어찌 뿌리칠 수가 있었겠는가! 체르토프하노프는 그제야 그의 이름을 물었고 그의 이름이 모셰리 레바라는 것을 알게 되었다.

다음 날 체르토프하노프는 농부의 마차를 빌려 타고 베스소노보 마을을 떠났다. 그는 허리에 단도를 차고 있었다.

"나와 말렉 사이를 갈라놓은 악당 녀석! 맛을 보여줄 테다!" 라고 그는 중얼거렸다.

그는 집을 페르피시카와 귀먹은 식모 할멈에게 맡겨놓으며 "내 꼭 말렉과 함께 돌아오겠다. 아니면 영영 돌아오지 않을 거다"라고 말했다.

그러자 페르피시카가 할멈의 옆구리를 찌르며 농담했다.

"그렇다면 할멈이 나랑 결혼해야 하겠네. 주인님은 돌아오시지 않을 테니, 혼자 살다 죽을 수는 없잖아."


9.

꼬박 1년이 흘렀다. 판테레이 예레메비치 체르토프하노프는 감감무소식이었다. 식모 할멈은 세상을 떴고 페르피시카도 이 집을 버리고 사촌이 살고 있는 읍내로 갈 생각이었다.

그런데 체르토프하노프가 돌아온다는 소식이 들렸다. 교구 보좌신부가 체르토프하노프로부터 직접 편지를 받은 것이었다. 편지에는 머지않아 자기가 베스소노보로 돌아갈 테니 하인들에게 자신을 맞을 만반의 준비를 하게끔 일러달라고 쓰여 있었다. 페르피시카는 이 '만반의 준비'라는 말을 먼지나 좀 털어놓으라는 뜻으로 해석하긴 했지만, 주인이 곧 돌아오리라고는 생각하지 않았다.

그런데 돌아온다는 소식이 있은 지 대엿새 만에 주인이 돌아왔다. 페르피시카가 얼른 달려나가 주인이 말에서 내리는 것을 도우려고 등자를 잡았다. 하지만 주인은 혼자 말에서 뛰어내리더니 의기양양하게 외쳤다.

"내가 말렉 아델리를 찾아온다고 했지. 적들도 나를 막지 못했고 운명조차 나를 어쩌지 못했도다!"

그런 후 체르토프하노프는 손에 입을 맞추려는 하인을 제치고 곧장 마구간으로 말을 몰았다. 주인의 모습을 본 페르피시카는 놀랐다.

'오, 한 해 만에 저렇게 수척해지시고 늙으시다니! 표정은 왜 저렇게 무섭게 변했단 말인가!'

소기의 목적을 달성했으니 판테레이 예레메비치는 응당 기뻐해야 마땅했다. 그리고 분명히 그는 기쁜 표정을 짓고 있었다. 하지만 페르피시카는 주인을 보자 뭔가 가슴이 철렁했고 무섭다는 생각마저 들었다. 체르토프하노프는 말을 이전 자리에 매어두고 등을 가볍게 두드리면서 말했다.

"자, 이제 다시 집으로 돌아왔구나. 안심하고 푹 쉬어라."

그는 바로 그날로 소작인 중 한 명을 감시인으로 임명하고 다시 방에 처박혀 이전과 같은 생활로 돌아갔다.

하지만 모든 것이 전과 같지는 않았으니…… 그 이야기는 뒤로 미루기로 하자…….

이튿날 체르토프하노프는 페르피시카를 불러서 말을 찾게
된 경위를 이야기해주었다. 이야기할 상대라야 그 소년밖에 없
었으니 당연한 일이었다. 물론 주인으로서의 위엄을 잃지 않기
위해 시종 낮은 음성이었다.

판테레이는 여기저기를 헛되이 떠돈 끝에 마침내 롬니 마시
장에 도착했다. 그때 그는 혼자였다. 온갖 험한 일을 다 겪은 유
대인 레바가 더 이상 참지 못하고 도망가버린 것이었다.

닷새 동안 마시장을 샅샅이 뒤진 판테레이는 포기하고 그곳
을 떠나려 했다. 그는 그곳을 떠나기 전 마지막으로 수레들이
줄지어 서 있는 곳을 살펴보았다. 그런데 놀라워라! 말렉 아델
리가 그곳에 있었다!

말렉은 다른 세 마리 말과 함께 수레에 묶여 있었다. 판테레
이는 한눈에 말렉을 알아보았다. 말렉도 주인의 모습을 알아보
았는지 히힝 울음소리를 내며 뒷발로 땅을 찼다고 판테레이는
말했다.

"하지만 그 말은 카자크인이 끌고 온 게 아니었어." 판테레
이는 고개도 들지 않고 계속 낮은 톤으로 말을 이었다. "집시
말 상인이 데리고 있었던 거야. 나는 즉시 그 말을 잡고 강제로

데려가려 했지. 도둑맞은 내 말이니 당연하고 정당한 행동 아니겠어? 그러자 그 망할 집시 놈이 마치 끓는 물에 데기라도 한 듯 고래고래 소리를 지르며 난리를 치더군. 그 말을 다른 집시에게서 샀다는 거야. 증인이 필요하면 당장 불러오겠다는 거야. 나는 승강이 끝에 젠장! 돈을 주고 말았지. 중요한 건 내가 애지중지하던 걸 찾았다는 것이고, 무엇보다 마음의 평화를 되찾아야 했으니까. 게다가 카라체프에서는 어떤 남자를 말을 훔친 카자크 놈으로 착각하고 흠씬 두들겨 패준 적도 있었어. 레바 말만 듣고 그랬던 거지. 하지만 알고 보니 말 도둑이 아니라 신부의 아들이었던 거야. 제길, 120루블을 손해배상으로 줄 수밖에 없었지. 하지만 돈이야 다시 생길 수도 있고, 어쨌든 중요한 건 내가 말렉 아델리를 되찾았다는 거 아니겠어? 나는 이제 행복해. 앞으로 평화롭게 살아갈 거야. 페르피시카, 내, 한마디 네게 해줄 게 있다. 이 근처에서 카자크 놈이 얼씬거리거든 얼른 내게 총을 갖다줘. 그다음 일은 내가 다 알아서 하지."

판테레이 예레메비치는 페르피시카에게 앞으로는 평화롭게 살아갈 거라고 말했다. 그의 입으로 분명 그렇게 말한 것이다. 하지만 그의 깊은 속마음은 자신의 말 그대로 그다지 평온하지 못했다.

아아, 그의 저 마음 깊은 곳에서는 그가 되찾아온 말이 진짜 말렉 아델리라는 확신이 없었던 것이었으니!


10.

판테레이 예레메비치에게는 괴로운 나날들이 이어졌다. 그는 마음의 평화를 조금도 즐기지 못했다. 어쩌다 마음 편해지는 날이 있었던 것도 사실이다. 그런 날이면 그는 마음속 의혹을 파리 쫓듯 쫓아버리려 애쓰기도 했고, 그런 의심에 사로잡힌 자신을 비웃기까지 했다.

하지만 그런 순간은 잠깐이었다. 온갖 의혹이 마치 마루 밑을 기어 다니는 생쥐처럼 끈질기게 찾아와 그의 마음을 갉아먹고 찢어놓았으며 그는 남모를 고통에 시달렸다.

그 말을 되찾았던 기념비적인 그날, 체르토프하노프는 그저 열광적인 기쁨에 도취되어 있었을 뿐이었다. 하지만…… 하지만…… 다음 날 새벽, 그 '되찾은 기쁨' 옆에서 하룻밤을 새우고 난 뒤, 여인숙 낯선 차양 아래서 말 잔등에 안장을 올려놓으려 할 때 처음으로 그 무언가 은밀한 생각이 그의 마음을 찌른 것이었다.

말렉 아델리를 데리고 집으로 돌아오는 동안에는 그 의혹은 별로 고개를 들지 않았었다. 그러나 말렉 아델리가 살았던 그 집에 도착하자마자 의심은 점점 강해졌고, 보다 분명해지기 시작했다. 그는 계속 말렉 아델리를 시험해보기도 했고, 마구간에 살그머니 들어가 문을 잠그고 "정말 너니? 너 맞니?"라고 묻기도 했다. 그럴 때면 그는 몇 시간이고 말을 관찰했다. 어떤 때는 "그래 맞아! 네가 틀림없어!"라고 기쁜 얼굴로 중얼거리기도 했고, 어떤 때는 당황한 얼굴로 말의 얼굴을 바라보며 안절부절못하기도 했다.

체르토프하노프를 불안하게 만든 것은 이 말렉과 그 말렉의 외형적 차이가 아니었다. 물론 약간의 차이는 있었다. 그 말렉의 꼬리와 갈기는 좀 더 가늘었고 귀는 좀 더 뾰족했다. 무릎께는 조금 더 짧았고 눈빛은 더 밝았다. 하지만 이 모든 것은 다 착각인지도 모른다.

체르토프하노프를 불안하게 만든 것은 말하자면, 두 말의 '정신적 차이'였다. 그 말의 버릇은 이 말과 달랐다. 더 정확히 말하자면 완전히 똑같지 않았다. 예를 든다면, 그 말렉은 체르토프하노프가 마구간에 들어서면 주위를 두리번거리며 가볍게 히힝거렸다. 하지만 이 말렉은 모른 체 마른풀을 우물우물 씹거나 고개를 떨어뜨리고 졸았다. 그놈은 멀리서라도 이름을 부르면 즉시 뛰어왔지만 이놈은 꼼짝 않고 서 있었다. 이놈은 그놈보다 느렸으며 달릴 때도 보폭이 좁은 종종걸음이었다. 이놈은 늘 볼썽사납게 귀를 움찔거리지만 그놈은 한쪽 귀를 뒤로 젖힌 채 그대로 주인을 지켜보고 있었다. 한마디로 그놈에 비해 이놈은 모든 면에서 우둔해 보였다. 암튼 여러 말 할 필요가 없었다. 그놈은 그토록 사랑스러웠는데, 이놈은…….

그런데 결정적인 사건이 하나 터지고 말았다.

어느 날 아침 체르토프하노프는 베스소노보에서 5킬로미터 정도 떨어진 곳에서 사냥하고 있던 사람과 마주치게 되었다. 1년 반 전쯤, 체르토프하노프가 그 앞에서 말렉을 타고 기세 좋게 내달렸던 바로 그 공작이었다. 그런데 꼭 그때처럼 갑자기 토끼 한 마리가 언덕 기슭에서 뛰어나왔다. 공작의 개들이 토끼를 뒤쫓았고, 사냥꾼들도 "저놈 잡아라! 저놈 잡아라!" 소리치며 일제히 뒤를 쫓았다.

체르토프하노프도 그들 옆 50미터 정도의 거리를 두고 그들과 함께 달렸다. 거대한 강줄기가 언덕을 따라 지그재그로 흐르고 있었고, 높이 올라갈수록 그 폭이 좁아졌다. 이윽고 좁은 강폭이 체르토프하노프를 가로막았다. 1년 반 전, 말렉이 멋지게 뛰어넘었던 바로 그곳이었다. 넓이는 2~3미터 정도였으며 깊이는 세 길 정도였다. 승리, 그토록 멋진 승리를 예감하며 체르토프하노프는 의기양양하게 채찍을 휘둘렀다. 모두 숨을 죽이고 그 광경을 바라보고 있었다.

그의 말은 쏜살같이 달려갔다. 이윽고 강이 코앞까지 다가왔다. '자, 자, 그때처럼 멋지게 뛰어넘는 거다!'

그런데 말렉 아델리는 그 자리에 멈춰 서더니 왼쪽으로 몸을 휙 돌려 골짜기를 따라 달리기 시작했다. 체르토프하노프가 강쪽으로 아무리 고삐를 당겨도 소용이 없었다.

말은 겁을 먹은 것이다. 자신이 없었던 것이다.

체르토프하노프는 수치와 분노에 휩싸여 산속 깊은 곳으로 말을 몰았다.

얼마 후 말렉 아델리는 옆구리에 상처투성이인 채 입에 잔뜩 거품을 물고 주인과 함께 집으로 돌아왔다. 체르토프하노프는 방으로 들어가 처박혔다.

'저건 말렉이 아니야. 내가 아끼던 그 말이 아니야. 그 말이었다면 목이 부러지는 한이 있더라도 나를 배반하지는 않았을 거야.'


11.

이번에는 또 다른 사건이 벌어져 체르토프하노프를 이른바 '두 손 다 들게' 만들어버렸다. 어느 날 체르토프하노프는 말렉 아델리를 타고 교회를 에워싸고 있는 신부의 밭 옆을 지나가고 있었다. 그때 누군가가 그를 불렀다.

그는 말을 멈추고 고개를 들었다. 평소 친분이 있던 집사였다. 그가 말렉을 보고 말했다.

"야, 정말 멋진 말입니다!" 거기서 그쳤으면 좋았을 것이다. 하지만 그는 덧붙였다. "악당들 잔꾀에 한 마리 말을 잃고서도 조금도 용기를 잃지 않으시고, 하느님의 섭리에 따라, 그에 못지않은, 아니, 어찌 보면 더 훌륭한 말을 얻으셨으니……."

체르토프하노프가 험악하게 그의 말을 가로막았다.

"무슨 뚱딴지같은 소리를 하는 거야! 다른 말이라니! 이건 같은 말이야! 말렉 아델리라니까! ……내가 직접 찾아왔다고! 무슨 헛소리를!"

그러자 집사는 체르토프하노프를 바라보며 더 이상 말하기 귀찮다는 투로 말했다.

"흠, 흠, 그럴 리가요. 나리의 말은 작년 성모제(聖母祭) 기간에 도둑맞았고 지금이 11월이니까, 1년도 넘었는데요."

"그래서 어쨌다는 거야?"

집사는 수염을 어루만지며 말했다.

"그때 나리의 말에는 잿빛 반점이 있었지요. 그런데 지금 그 반점이 짙어지지 않았습니까? 잿빛 반점은 말입니다, 세월이 흐르면 옅어지기 마련입니다."

체르토프하노프는 "이 건방진 놈! 썩 꺼지지 못할까!"라고 고함을 지른 후 눈 깜짝할 사이에 집사 앞에서 사라졌다.

그렇다! 모든 것이 끝났다. 이제 정말 모든 게 끝장나고 만 것이다! 마지막 카드가 젖혀진 것이다! '옅어진다'라는 말 한마디로 모든 것이 무너져내린 것이다.

아아, 잿빛 말은 옅어진다!

"달려라, 달려! 이 망할 놈의 말!"

하지만 아무리 달려도 그 한마디 말에서 도저히 벗어날 수는 없었다.

체르토프하노프는 다시 집으로 돌아와 방 안에 틀어박히고 말았다.


12.

그의 자존심은 상처를 입었다. 상처 정도가 아니었다. 천하의 이 체르토프하노프가 그따위 차이도 못 알아보다니! 그는 절망했고 분노로 숨이 턱턱 막혔으며 복수심에 불타올랐다. 복수심? 하지만 누구에게 복수한단 말인가!

이제 더 이상 이 말을 타고 희희낙락 다닐 수는 없다. 더 이상 웃음거리가 될 수 없다. 절대로 다시 이 말 잔등 위에 오를 수는 없다. 거지에게 던져주거나 개에게나 주자…… 그렇다…… 이 말은 그 정도 가치밖에 없다!

그는 하인을 불러 보드카를 가져오라고 했다. 그리고 밤늦게까지 음산한 표정으로 술을 마셨다. 그의 마음속으로는 한 가지 결심이 무르익어가고 있었다. 때로는 그 결심에 스스로 당혹해하는 것 같기도 했지만 차츰 그 결심에 익숙해졌고 그 생각만이 그를 사로잡고 있었다. 마음속에 치밀어 오르던 울분이 술기운에 잔인함으로 바뀌었고 그의 입술에 원한에라도 찬 것 같은 미소가 떠올랐다.

그는 마지막 보드카 잔을 입에 털어 넣고는 침대 위에서 권총을 집어 총알을 장전했다. 그리고 방을 나서 마구간으로 향했다.

말렉 아델리, 아니 가짜 말렉 아델리는 짚 위에 누워 있었다. 체르토프하노프는 발길질을 하며 "일어나 이 등신아!"라고 고함을 쳤다. 말은 고분고분 일어났고, 그를 따라 밖으로 나갔다.

체르토프하노프는 말을 들판으로 끌고 갔다. 마구간지기는 주인이 한밤중에 말을 어디로 끌고 가는지 어안이 벙벙했다. 하지만 감히 물어볼 수도 없었다. 그는 주인이 근처 숲으로 이어지는 모퉁이를 돌아서 사라질 때까지 지켜보고만 있었다.


13.

체르토프하노프는 주변도 돌아보지 않고 성큼성큼 앞으로 걸어갔다. 말렉 아델리 — 우리는 끝까지 이 말을 그 이름으로 부르기로 하자 — 는 순순히 따라갔다.

체르토프하노프는 싸늘한 밤공기를 느꼈다. 그는 분명 방금 들이켠 보드카에 취해 있었을 것이다. 그러나 그는 그보다 더 강한 취기에도 휩싸여 있었다. 그 때문에 머리가 무거웠고 피가 거꾸로 목구멍과 귀까지 치솟아 올라왔다. 하지만 그는 흔들림 없이 길을 걸었으며 가고자 하는 목적지도 분명히 알고 있었다.

그렇다! 그는 말렉 아델리를 죽일 생각이었다. 그에게는 하루 종일 그 생각밖에 없었고, 그 생각에 취해 있었다…… 그리고 이제 결심한 것이다.

그는 가짜를 없애면 모든 것이 해결될 것으로 생각했다. 자신의 어리석음을 응징하고, 사랑하는 진짜 말렉 아델리 앞에서 속죄하고, 이 세상 전부를 향해서(체르토프하노프는 특히 이, '이 세상 전부'에 대해 특히 신경을 썼다) 자신이 우습게 볼 사람이 아니라는 것을 알려줄 수 있으리라!

그리고 무엇보다 이 가짜와 함께 자신도 유명을 달리할 생각이었다. 이제 더 이상 살아서 무엇 하겠는가?

그는 조금도 망설이지 않았다. 그는 주위에 친한 사람 하나 없는 외톨이였고, 땡전 한 푼 없는 처지였다. 게다가 그는 술에 취하고 거의 정신이 나가 있었다. 그는 자신이 정당하다고 생각하고 있었다. 아무리 술에 취하고 정신이 나간 사람이라도 나름대로의 논리가 있는 법이며, 어떨 때는 자신에게 그런 행동을 할 권리가 있다고 생각하기 마련이다. 체르토프하노프는 자신에게 권리가 있다고 생각했다.

하지만 그는 자신이 무슨 짓을 저지르려는 것인지 차분히 생각해보지 않았다. 그는 온통 '끝장을 내야 한다'라는 생각에만 사로잡혀 있었다.

그가 말을 끌고 간 숲에서 그다지 멀지 않은 곳에 골짜기가 있었다. 그는 그곳으로 말을 끌고 내려갔다. 그때 말렉 아델리가 발을 헛디뎌 거의 그의 몸 위로 쓰러질 뻔했다.

체르토프하노프는 자기도 모르게 주머니에서 권총을 꺼내며 버럭 고함을 질렀다.

"이 망할 놈! 이젠 아예 나를 깔아뭉갤 셈이군!"

순간 그는 바로 자신의 목소리에 놀라고 말았다. 그의 목소리가 그 습한 골짜기에서 음산한 메아리를 만들어낸 것이었다. 그리고 그 고함에 응하듯 커다란 새 한 마리가 나뭇가지 위에서 갑자기 날개를 퍼덕였다. 체르토프하노프 몸서리를 쳤다. 말하자면 그는 자신이 하려는 행동의 목격자를 만든 셈이었다. 그 어떤 살아 있는 생명체도 만날 수 없는 이런 적막한 곳에서……

"어디론가 꺼져버려! 이 재수 없는 놈!" 그는 중얼거리며 말고삐를 풀고 권총 자루로 말의 어깨를 사정없이 내리쳤다. 말렉 아델리는 재빨리 몸을 돌려, 골짜기 위 어디론가 사라져버렸다.

체르토프하노프도 천천히 골짜기를 기어올랐다. 그리고 집으로 향했다. 걸으면서 팔다리가 무거워졌으며 누구에겐가 심한 모욕을 당한 것 같은 기분이었고 애써 잡은 사냥감을 누군가에게 빼앗긴 것 같은 기분이었다. 자살하려다가 누군가의 방해로 뜻을 이루지 못한 경험이 있는 사람이라면 지금 체르토프하노프의 기분을 완벽하게 이해할 수 있으리라!

　그때 무엇인가가 그의 어깨뼈를 쿡 찔렀다. 그는 뒤돌아보았다. 그런데…… 말렉 아델리가 길 한복판에 서 있었다. 말은 주인 뒤를 따라온 것이다. 그는 콧등으로 주인의 어깨를 건드려 자신이 뒤에 있음을 알린 것이다.

　체르토프하노프가 소리쳤다.

　"옳거니! 제 발로, 제 발로, 죽고 싶어 왔구나! 그렇다면!"

　눈 깜짝할 새에 그는 권총을 들어 노리쇠를 올린 다음 권총을 말렉 아델리의 이마에 대고 발사했다. 말은 옆으로 껑충 물러나더니 앞발을 높이 쳐들고 여남은 걸음 달려가다가 땅 위에 쿵 하고 쓰러졌다.

　체르토프하노프는 손으로 두 귀를 막고 내달렸다. 무릎이 후들후들 떨렸다. 취기도, 복수심도, 맹목적인 자만심도 모두 자취를 감추었다. 남은 것이라고는 수치심과 자기혐오뿐이었다. 그리고 이 순간 자신의 생명도 끝난 것과 다름없다는 의식, 또렷하기 그지없는 그 의식뿐이었다.


　14.

　그로부터 한 달 반가량 지난 어느 날, 페르피시카는 마침 체르토프하노프의 집 앞을 지나가던 경찰 지서장을 불러 세웠다.

"무슨 일이냐?"라고 지서장이 물었다.

"나리, 저희 집 안으로 좀 들어가보실 수 있으신지요. 제 주인님이 돌아가실 것 같아 걱정돼서 그렇습니다. 날마다 보드카만 드시고 자리에 누워서 꼼짝도 안 하십니다. 말씀도 한마디 안 하시는 게 정신도 오락가락하시는 것 같습니다."

지서장은 마지못해 마차에서 내려 페르피시카와 함께 안으로 들어갔다.

놀라운 광경이 그를 기다리고 있었다. 제일 안쪽의 어둡고 습기 찬 방 침대에 외투를 베개 대신 베고 체르토프하노프가 누워 있었다. 얼굴에는 창백하다기보다는 누르스름한 죽음의 색이 감돌고 있었다. 눈은 납빛 눈꺼풀 안으로 푹 꺼져 있었으며 자랄 대로 자란 콧수염 위로 여전히 붉은색의 코끝이 솟아 있었다. 또한 한 손에는 사냥할 때 쓰는 채찍을, 다른 한 손에는 수를 놓은 담배쌈지를 들고 있었다. 마샤가 마지막으로 선물한 쌈지였다.

침대 옆에는 빈 술병들이 놓여 있었으며 침대 머리맡에는 수채화 두 점이 핀으로 꽂혀 걸려 있었다. 그중 한 장에는 기타를 든 뚱뚱한 사내가 그려져 있었는데 아무래도 네도퓌스킨인 것 같았다. 그리고 또 한 장에는 말을 달리고 있는 기수의 그림이 그려져 있었다. 여러 가지 모습으로 보아 판테레이가 말렉 아델리를 타고 있는 모습을 그린 것이 틀림없었다.

지서장은 당황했다. 죽음과도 같은 정적이 방 안을 감싸고 있었기 때문이었다. 그는 '뭐야? 이미 죽은 거잖아'라고 생각했지만 목소리를 높여 한번 불러보았다.

"판테레이 예레메비치! 판테레이 예레메비치!"

그때 놀라운 일이 벌어졌다. 체르토프하노프의 눈이 천천히 열리면서 생기 없는 눈동자가 좌에서 우로, 우에서 좌로 움직이더니 지서장에게서 멈추었다. 그가 지서장을 본 것이었다. 그의 푸르스름한 입술이 움직이더니 마치 관 속에서 들려오는 것 같은 쉰 목소리가 들렸다.

"뼈대 있는 가문의 귀족 판테레이 예레메비치가 죽으려 하고 있다. 감히 누가 그를 방해하려는 거냐! 그 누구에게도 빚진 게 없으며, 받을 빚도 없다. 다들 그를 내버려두어라! 어서 썩 꺼져라!"

그는 채찍 쥔 손을 들어 올리려 했다…… 하지만 허사였다. 다시 입술이 닫혔고 눈이 감겼다. 그리고 아까처럼 몸을 쭉 뻗고 침대에 누워 있었다.

그날 밤 페르피시카는 신부를 부르러 갔다. 체르토프하노프가 그날 밤 세상을 뜬 것이었다. 장례식 때 두 명이 그의 관 뒤를 따랐다. 소년 페르피시카와 유대인 모셰리 레바였다. 체르토프하노프가 죽었다는 소식이 레바에게 알려졌고, 그는 은인에 대한 존경심을 잊지 않고 보여준 것이었다.

## 에필로그 — 숲이여, 광야여!

서서히 내 마음이 다시 이끌리네.
저 시골로, 저 어두운 뜨락으로,
아름드리 보리수가 짙게 그늘을 드리우고
은방울꽃들이 아가씨처럼 향기로운 그곳으로,
둥근 버드나무들이 물가를 굽어보며
둑 위에 줄지어 서 있는 그곳으로,
참나무들이 그 건장한 들판 위에
꿋꿋하게 서 있는 그곳으로,
대마와 쐐기풀 냄새가 코를 찌르는 그곳으로……
그곳, 드넓게 펼쳐진 풀밭에
벨벳처럼 까맣고 비옥한 땅이 있는 곳,

호밀들이 소리 없이 잔잔하게 살랑살랑 물결치며
까마득히 펼쳐져 있는 곳,
둥글고 투명한 흰 구름 사이로
묵직한 황금빛 햇살이 쏟아지는 곳,
아아, 그곳은 얼마나 아름다운가!

-불꽃에 바친 시에서

독자 여러분은 이미 내 수기에 싫증을 느꼈으리라. 하지만 이제 독자들과 작별하면서 사냥의 즐거움에 대해 독자들에게 한마디 더 하지 않을 수 없다. 비록 여러분이 사냥꾼으로 태어나지 않았더라도 만일 자연을 사랑한다면 사냥꾼을 부러워하지 않을 수 없으리라…… 그러니, 일단 내 말에 귀를 기울여주시기를…….

여러분은 봄철 동이 트기 전에 사냥을 떠나는 즐거움을 알고 있는가? 현관 계단을 내려올 때의 그 기분!

아직 어둑어둑한 잿빛 하늘에서 별들이 여기저기 반짝이고 있다. 가끔 습기를 머금은 미풍이 가볍게 물결치며 불어온다. 비밀스럽고 모호한 밤의 속삭임이 들린다. 이윽고 마차에 양탄자가 깔리고 마차가 출발한다.

마차는 요란하게 덜컹거린다. 교회를 지나고 언덕을 내려가 오른쪽으로 접어들면 이윽고 둑을 지난다. 연못에서는 엷은 새벽안개가 피어오르기 시작한다. 다소 싸늘한 느낌에 얼굴을 외투로 감싼다. 살며시 졸음이 온다. 마부가 휘파람을 분다. 그렇게 4킬로미터 정도 지나면 하늘 가장자리가 진홍빛으로 물들며 동이 트기 시작한다.

자작나무 숲에서는 까마귀가 잠에서 깨어 까욱까욱 울며 날아가고 참새들이 거무튀튀한 낟가리 옆에서 재잘거린다. 하늘에 금빛 햇살이 뻗치기 시작하면 골짜기에서 뭉게뭉게 안개가 피어오른다. 종달새가 지저귀기 시작하고 새벽바람이 불어오기 시작한다.

이윽고 진홍빛 해가 조용히 떠오른다. 빛나는 햇살의 물결이 번지면 가슴이 새처럼 두근거리기 시작한다. 모든 것이 상쾌하고 즐겁고 아름답다! 주위가 멀리까지 탁 트여 보인다. 먼 곳 마을의 교회가 보이고 저 산 위에 자작나무 숲이 보인다. 바로 그 뒤에 우리의 목적지인 습지가 있는 것이다!

자, 달려라, 말들아! 더 빨리 달려라! 더 힘차게 발을 내디뎌라! ……이제 3킬로미터만 가면 된다. 해는 점점 높이 뜨고 구름 한 점 안 보인다. 오늘도 날씨가 좋을 게 틀림없다. 마차는 언덕을 오른다. 아아, 얼마나 장관인가! 안개 사이로 희미하게 모습을 드러내고 있는 강은 10킬로미터나 굽이굽이 이어져 있다. 그리고 강 너머에는 초원이! 얼마나 자유롭게 공기를 들이마실 수 있으며, 얼마나 재빠르게 손발을 놀릴 수 있는가! 신선한 봄의 숨결을 들이마시면서 사람의 몸과 마음은 그 얼마나 건강해지는가!

여름날, 7월의 아침은 또 어떤가! 동틀 무렵 숲속을 거니는 상쾌함을 사냥꾼이 아니라면 어찌 맛볼 수 있을 것인가! 발자국은 이슬이 하얗게 내려앉은 풀 위에 초록색 줄을 남긴다. 이슬에 젖은 덤불을 헤치면 밤새 쌓여 있던 따뜻한 향기가 확 풍겨온다. 공기는 쌉싸름한 쑥 냄새, 메밀과 클로버의 달콤한 냄새를 잔뜩 머금고 있다. 저 멀리 햇빛을 받아 붉게 물든 자작나무 숲이 우뚝 서 있다. 향기로운 냄새를 잔뜩 들이마시니 몽롱하게 현기증을 느낄 정도다. 가도 가도 덤불은 끝이 없다.

갑자기 마차 소리가 들려온다. 천천히 말을 몰고 온 농부는 말을 그늘이 지는 곳에 매어둔다. 농부는 눈인사를 나눈 후 사라지고 이어서 풀을 베는 소리가 뒤에서 들려온다. 해가 점점 더 높이 떠오르고 더워지기 시작한다.

"이보게, 이 근처에서 물을 마시려면 어디로 가야 하지?" 풀을 베던 농부에게 묻는다.

"바로 저 골짜기 안에 있습니다요."

덩굴들이 칭칭 휘감고 있는 울창한 호두나무 숲을 빠져나와 골짜기 아래로 내려간다. 농부의 말대로 절벽 아래 샘이 숨어 있다. 엎드려 마음껏 물을 마신다. 온몸이 노곤해지며 꼼짝하기도 싫어진다. 나무 그늘로 들어가 습기 찬 풀 냄새를 맡으니 가슴속까지 상쾌해진다.

그런데 갑자기 웬일인가? 갑자기 바람이 일더니 옆을 스치고 지나간다. 주위 공기가 요동을 친다. 천둥소리였던가? 더위가 심해지려나? 폭풍우가 오려나? ……이어서 번개가 번쩍인다. 아, 폭풍우다! 주위에선 여전히 햇빛이 빛나고 있다. 아직 사냥할 수는 있으리라. 하지만 먹구름이 빠르게 피어오르기 시작한다. 소나기구름이 하늘을 뒤덮더니 풀이며 나무며 모든 것이 어두워진다. 어서 서둘러야지! ……저쪽에 얼핏 창고가 보였던 것도 같다…… 자, 서두르자! ……어서 뛰어가자…… 어휴, 웬 놈의 비가 이리 세차게…… 번개가 번쩍이고 천둥소리가 요란하게 울린다. 짚으로 이은 지붕 새로 빗물이 여기저기 스며들어 건초 더미 위에 떨어진다……. 그러나 이내 태양은 다시 빛나기 시작한다. 폭풍우가 지나갔다. 밖으로 나간다. 아, 만물은 얼마나 즐겁게 빛나고 있는가! 공기는 또 얼마나 신선한가! 아, 버섯과 산딸기 향기는 또 그 얼마나……!

이윽고 저녁이 찾아온다.

진홍빛으로 타오르는 저녁놀이 하늘을 반쯤 덮고 있다. 해가 저문다. 주변 공기가 유난히 수정처럼 투명하다. 멀리 부드러우면서 따뜻한 안개가 깔려 있다. 조금 전까지만 해도 금빛이 넘쳐흐르던 들판은 진홍빛으로 물든다. 나무와 덤불과 건초 더미에 긴 그림자가 드리운다. 해가 떨어진다. 별 하나가 어렴풋이 빛나며 석양의 불타오르는 바다에서 가냘프게 떨고 있다……이윽고 불타오르던 바다가 그 빛을 잃고 하늘은 푸르게 변한다. 그림자들도 자취를 감추고 사위는 어두워지기 시작한다. 이제 밤을 보낼 마을 농가로 돌아가야 할 시간이다. 피곤하지만 총을 어깨에 메고 종종걸음을 옮긴다…… 어느새 밤이 찾아와 스무 걸음 앞도 분간하기 어렵게 된다.

눈앞 시커먼 숲 위로 하늘 가장자리가 어렴풋이 밝아진다…… 저건 뭐지? ……혹시 불이라도? ……아니다. 달이 떠오른 것이다. 저 멀리 오른편에서 마을의 등불들이 반짝인다…… 이윽고 농가에 도착한다. 창문 너머로 하얀 식탁보를 깐 식탁과 환하게 타오르는 촛불이 보인다…… 저녁 식사가…….

도요새가 날갯짓하는 늦가을이 되면 이 숲은 또 얼마나 아름다운가! 도요새는 깊은 숲속에 살지 않는다. 그래서 숲 가장자리에서 그들을 찾아야 한다. 바람도, 해도 없다. 양지도 없고 그늘도 없으며 움직임도, 소리도 없다. 부드러운 공기 속에는 와인 향기와 같은 가을 향기가 넘쳐흐른다. 저 멀리 노란 들판 위로는 옅은 안개가 깔렸다. 헐벗은 갈색 나뭇가지들 사이로 고요한 하늘이 평화로운 흰빛을 보내고 있다. 보리수 가지에는 마지막 금빛 이파리들이 여기저기 매달려 있다. 습기를 머금은, 발아래 지면은 마치 스펀지처럼 푹신푹신하다. 키 큰 마른 풀은 꼼짝도 하지 않는다. 긴 거미줄이, 창백해진 풀밭 위에서 하얀 이슬을 머금고 반짝인다.

가슴은 평화롭게 숨을 쉬고 있지만 영혼은 이상한 불안감에 떨고 있다. 숲 가장자리를 따라 개를 쫓고 있노라면 사랑하는 사람들의 모습, 사랑하는 사람들의 얼굴, 혹은 죽었고 혹은 살아 있는 그 모습과 얼굴들이 마음속에 떠오른다. 저 옛날에 받왔던 인상들, 오랫동안 잠들어 있던 인상들이 불현듯 깨어난다. 상상이 새처럼 날개를 펴고 날아오른다. 모든 것이 또렷하게 움직이기 시작하더니 눈앞에 멈춰 선다. 갑자기 심장이 빠르게 고동치며 맹렬히 앞으로 내닫기도 하고, 혹은 저 먼 기억에 빠져 돌아올 줄 모르기도 한다. 말하자면 당신의 전 생애가 당신 앞에 빠르게 펼쳐지는 것이다. 그럴 때면 당신은 당신의 모든 과거, 당신의 모든 감정, 그리고 당신의 모든 힘, 당신의 모든 영혼을 소유하게 되는 것이다. 주변에는 당신을 방해할 그 어느 것도 없다. 해도, 바람도, 소리도…….

아침에 서리가 내리는 맑고 쌀쌀한 가을이 되면, 자작나무가 옛날이야기에 나오는 나무처럼 온통 황금빛을 띠고 창백한 푸른 하늘에 그 윤곽을 드러낸다. 낮게 뜬 태양은 열기를 발하지는 않지만 여름날보다 밝게 빛난다. 작은 사시나무 숲은 마치 벌거숭이가 된 것이 즐겁다는 듯 온 숲을 투명하게 빛내고 있다. 저 계곡 바닥에는 서리가 아직 하얗게 덮여 있고 상쾌한 바람이 불어와 땅에 떨어진 낙엽을 살며시 들어 올린다. 강에는 잔물결이 일어 태평하게 물 위에 떠 있는 거위와 오리들을 리드미컬하게 위아래로 흔들어놓는다. 저 멀리, 버드나무에 반쯤 가려진 물레방앗간에서는 방아 찧는 소리가 들려오고 맑은 하늘로는 알록달록한 무늬를 그리며 비둘기들이 날고 있다.

　이번에는 멀리 떨어진 시골 마을의 외딴 초원으로 가보자. 교차로를 지나 10킬로미터쯤 길을 가다 보면 마침내 큰길이 나온다. 짐수레 행렬이 지나가고 대문이 활짝 열려 그 안의 우물이 들여다보이는 여인숙을 지나친다. 광활한 들판을 가로지르고 대마밭을 따라 마을에서 마을로 하염없이 말을 달린다. 까치가 버드나무에서 버드나무로 날아다니고, 긴 갈퀴를 든 아낙네들이 들판에서 서성인다.

　이윽고 그보다 더 자그마한 마을에 도착한다. 찌그러진 목조 오두막, 끝없이 이어진 울타리, 사람들의 모습이 보이지 않는 상가 건물, 깊은 골짜기에 걸쳐진 낡은 다리…….

　더 멀리, 쉬지 않고 마차를 달린다. 드디어 초원에 접어든다. 산에서 바라보라. 아, 얼마나 멋진 풍광인가! 꼭대기까지 일궈서 씨를 뿌린 나지막한 언덕들이 사방에서 물결치고, 언덕들 사이로 관목들이 자라고 있는 골짜기가 구불구불 펼쳐져 있다. 작은 숲들이 긴 섬처럼 여기저기 흩어져 있고, 좁은 길들이 마을과 마을을 연결해주고 있다. 교회가 하얗게 빛나고 있다. 버드나무 숲 사이를 작은 강이 가로지른다. 저 멀리, 행랑채, 과수

원, 탈곡장이 있는 낡은 지주의 집이 작은 연못가에 자리 잡고 있다.

하지만 멈추지 않고 계속 마차를 달리고 더 달린다. 이윽고 언덕이 점점 작아지고 나무도 거의 보이지 않는다. 그리고 마침내 끝없이 펼쳐진 드넓은 초원이!

겨울이면 높은 눈 더미를 헤치며 토끼를 쫓는다. 뼈에 스며드는 차가운 공기를 들이마신다. 폭신폭신한 눈에서 반사되는 빛 때문에 눈은 저절로 반쯤 감긴다. 불그레한 숲 위에서 에메랄드처럼 빛나는 하늘이여! 오! 감탄사가 절로 나온다.

초봄이 되면 만물이 빛을 발하고 모든 것이 무너져 내린다. 묵직하게 흐르기 시작하는 강물에서, 녹아내린 눈에서 이미 훈훈한 흙냄새가 풍긴다. 눈이 녹아 헐벗은 곳에서 비스듬한 햇빛을 받으며 종달새가 마음껏 지저귀고, 계곡물이 즐거운 함성을 내지르며 골짜기에서 골짜기로 급류가 되어 흘러내린다……

하지만 이제 끝낼 때가 되었다. 어쩌다보니 다시 봄 이야기를 했다. 봄이란 헤어지기 쉬운 계절이다. 봄에는 행복한 사람

들도 저 멀리 어디론가 마음이 끌리기 때문이다…… 독자 여러
분, 안녕! 여러분의 앞날에 영원히 행운이 깃들기를!

# 『사냥꾼의 수기』를 찾아서

　　니콜라이 바실리예비치 고골(Nikolai Vasilievich Gogol, 1809~1852)
의 『죽은 혼(*Dead Souls*)』을 읽고 꽤나 충격을 받은 사람도 있었을
것이다. 당시 농노제도가 있었다는 사실 때문이 아니다. 우리는
그 사실을 역사적으로 이미 다 알고 있으니 그 사실만으로 충
격을 받을 이유는 없다. 또한 농노들을 마치 물건처럼 사고팔았
다는 사실 때문에 큰 충격을 받지도 않았을 것이다. 농노가 일
종의 재산처럼 여겨졌으니 사고파는 건 당연했으리라고 짐작
할 수 있기 때문이다. 또한 주인이 농노의 생사여탈권을 모두
쥐고 있었다는 사실 때문에 큰 충격을 받지도 않았을 것이다.
　　우리가 받은 충격은 다른 데 있다. 우리가 알기로 제정러시
아 시대 러시아 산업의 근간은 농업이다. 그런데 그 농업에 종

사하는 사람이 다 농노였다니! 농노들은 농부들의 모자란 노동력을 보충해주는 보조 일꾼 정도에서 그친 게 아니라, 그 농노들이 농사를 모두 담당했던 것이다! 그렇다면 국민의 대다수인 농부가 모두 노예였다는 말이 아니고 무엇이란 말인가?

그 사실만으로도 우리는 충격을 받을 만하다. 그런데 이반 세르게예비치 투르게네프(Ivan Sergeyevich Turgenev, 1818~1883)의 『사냥꾼의 수기(A Sportsman's Sketches)』를 읽고 우리는 더 큰 충격을 받는다. 농노들은 농사만 담당한 것이 아니었던 것이다. 『사냥꾼의 수기』에 나오는 농노 중에는 농부도 있지만 사냥꾼도 있고, 어부도 있으며 중간 관리인도 있고, 산림지기도 있고 마부 노릇을 하는 이도 있다. 게다가 주인이 명하면 주인이 경영하는 구두 공장이나 제지 공장에서 노동자로도 일해야 한다. 말하자면 씨 뿌리고 수확하는 농사일 뿐 아니라 거의 전 산업 분야에서 농노들이 노동력을 제공했다는 말이다. 좀 심하게 말하면 국민 대다수가 노예였다고 보아도 과장이 아닐 것이다.

하지만 절대로 심하게 과장한 것이 아니다. 사실이 그러했다. 19세기 중엽 러시아 인구는 약 6,700만 명이었다. 놀라지 마라! 그중 귀족과 일부 자유농민을 제외한 4,000만 명이 농노였으니, 국가 전체가 농노들을 기반으로 서 있었다 해도 과언이 아니다.

그런데 더 놀라운 것은, 오늘날의 우리로서는 도저히 납득하기 어려운 그런 제도를 많은 사람이 당연하게 여겼다는 사실이다. 왜? 간단하다. 농노를 하나의 인격체로 보지 않았기 때문이다. 사람을 사람으로 보지 않았기 때문이다. 그 사실은 작품에서 아주 간단한 한마디로 압축되어 있다.

> 그때였다. 문밖에서 "호리 영감, 집에 있소?" 하는 목소리가 들렸다. 귀에 익은 목소리였다. 바로 칼리니치였다. 그는 자기의 친구 호리를 위해 따 온 산딸기 다발을 들고 있었다. 노인은 그를 따뜻하게 맞이했다. 나는 놀란 눈으로 칼리니치를 바라보았다. 솔직히 말한다면 농부에게 그런 섬세한 마음씨가 있으리라고는 생각해보지 못했기 때문이었다.(20쪽)

농부에게는 그런 섬세한 마음씨가 있으리라고는 생각하지 못하다니! 더욱이 그런 편견에 사로잡힌 이는 누구인가? 바로 농노들의 애환을 그린 이 작품의 화자가 아닌가?

투르게네프는 『사냥꾼의 수기』의 첫 편인 「호리와 칼리니치」를 그가 29세 때인 1837년에 발표한다. 그는 그 작품을 통해, 자신조차 그런 편견의 노예였음을 솔직히 밝힌 셈이다. 아마도 작가가 젊었을 때 자기 자신이 그런 편견의 노예였음을 알고 놀랐는지도 모른다. 그는 자기 자신도 그런 편견의 노예였으니 보통 세상 사람들은 오죽할까 하는 생각에 「호리와 칼리니치」를 쓰고 발표했는지도 모른다.

『사냥꾼의 수기』 연작은 그런 고백으로 시작한 작가가, 그런 편견을 벗고 객관적으로 농노들의 삶을 바라보면서 그들의 비참한 생활 모습과 순박함, 삶의 지혜들을 인간미 넘치게, 또한 서정적으로 묘사한 작품집이다.

「호리와 칼리니치」를 발표한 것만으로도 투르게네프는 당시 사람들에게 큰 충격을 준다. 그저 무지몽매하고 더러우며, 겉모습은 사람이지만 짐승에 가깝다고 여겨졌던 농민들(더 정확히 말한다면 농노들)도 똑같은 사람이라는 것을 사람들에게 보여주었기 때문이다. 그들에게도 지혜와 재능이 있으며, 섬세한 감수성, 순박한 정신이 있음을 보여주었기 때문이다. 「호리와 칼리니치」의 호리와 칼리니치를 보라. 둘 다 똑같은 농노다. 그런데 둘은 얼마나 다른가? 뛰어난 현실감각과 지혜를 지니고 앞날을 개척해나가는 호리와, 자연을 벗 삼아 살면서 거기서 큰 만족을 느끼고 사는 온화하고 겸손한 칼리니치는 얼마나 다른가? 그들을 어찌 '농노'라는 단어로 묶어 똑같이 취급할 수 있단 말인가? 어디 그뿐인가? 그들은 그들을 지배하는 귀족 지주보다 조금도 모자란 인간이 아니며, 그 순박함과 성실함, 진실함에서는 그들보다 훨씬 뛰어나다.

다른 작품들도 마찬가지이다. 「카시얀」의 카시얀은 종교심이 충만한 자연 철학자의 모습으로 화자를 놀라게 한다. 그가 하는 말을 듣고 화자는 '그의 말투는 전혀 농부의 말투가 아니었다. (⋯⋯) 그의 말은 사려가 깊었으며 신중했고, 흥미를 자아내기도 했다. 나는 이제까지 그런 말을 들어본 적이 없었다'(73쪽)라고 고백한다. 또한 「비류크」의 산지기는 주어진 임무에 더없이 충실하면서도 마음속으로는 약한 자를 향한 동정심을 지닌 감동적인 인물이다. 또한 「죽음」에서는 죽음 앞에서 초연한 사람들의 모습을 보여주면서 우리를 경탄하게 한다.

그런 식으로 농노들에 대한 일반적인 편견을 바꿔놓게 한 것, 그것이 '농노'들을 최초로 주인공으로 삼은 이 소설집이 거둔 위대한 업적이요, 승리다. 무슨 업적? 이 소설집이 러시아 농노해방에서 일익을 담당한 것이다.

역사 공부 한 가지 더 하자. 러시아의 알렉산드르 2세는 우여

곡절 끝에 1861년 2월 19일 농노제를 폐지한다. 시대적 흐름에 거역하기 어려운 측면도 있었을 것이고 러시아 국민 사이에 농노제를 폐지해야 한다는 공감대도 형성되어 있었을 것이다. 또한 많은 지식인이 앞장서서 농노해방을 부르짖은 것도 농노해방에 큰 역할을 했을 것이다.

하지만 알렉산드르 2세가 『사냥꾼의 수기』를 즐겨 읽었다는 사실도 절대로 간과할 수 없다. 게다가 그가 "『사냥꾼의 수기』를 읽은 후 농노를 해방해야겠다는 일념에서 벗어난 적이 없다"라고 말했다는 일화도 전해진다.

그가 이 소설을 읽고 왜 그런 일념에 사로잡히게 된 것일까? 이 소설은 농노해방이 왜 역사적으로, 사회적으로 불가피한 것인지 역설하지도 않는다. 농노들이 얼마나 비참하게 착취를 당하고 있는지 격렬하게 고발하지도 않는다. 농노제도를 대놓고 비난하지도 않으며 농노들의 분노를 보여주지도 않는다. 오히려 서정적인 분위기가 작품 전체를 감싸고 있다.

그렇다면 이 작품의 어떤 점이 알렉산드르 2세에게 그런 영향을 준 것일까? 혹시 이 작품이 보이는 서정적 아름다움 때문에 그가 흔들린 것이 아닐까? 이 작품에서 화자가 일관되게 보여주고 있는 인간을 향한 애정이 그를 움직인 것이 아닐까? 그런 것들이 알렉산드르 2세의 마음을 흔들고 감동을 주었던 것이 아닐까? 그래서 세상을 보는 그의 눈 전체가 온통 바뀌게 된 것이 아닐까?

'농노는 인간이 아니다'라는 편견이 '농노도 인간이다'로 바뀔 수 있었던 것, 그것은 바로 그들의 구체적인 삶에서 감동을 느꼈기 때문이 아니겠는가! 이 소설을 통해 그들에게 감동하면서 깊은 공감을 체험했기 때문이 아니겠는가?

그렇다. 문학작품에서 받은 감동은 한 인간의 세상을 보는 눈, 세상에 대한 인식을 송두리째 바꿔놓기도 한다. 문학작품이 주는 감동의 힘은 바로 그런 것이다.

투르게네프는 1818년 11월 9일 모스크바 남부 스파스코예 마을의 부유한 지주 집안에서 태어났다. 하지만 그의 유년기는 행복하지 못했다. 히스테리가 심한 어머니가 아들에게 욕설과 매질을 일삼았기 때문이다. 1834년 아버지가 세상을 떠나자 어머니의 히스테리는 더욱 심해졌다. 그녀는 하인과 농노가 조금이라도 실수를 하면 참혹하게 체형을 가하거나 멀리 시베리아로 유형을 보내기도 했다.

투르게네프는 어렸을 때부터 가정교사에게 영어·독일어·불어를 익혔고, 모스크바 대학교에서 문학을, 상트페테르부르크 대학교에서 역사·언어학 등을 배웠다.

그는 학생 시절부터 시를 썼으며 생애 대부분을 외국에서 지냈다. 특히 프랑스는 제2의 고향이라고 할 만큼 그곳에서 오래 생활했다. 그는 알퐁스 도데, 에밀 졸라, 기 드 모파상, 귀스타브 플로베르 등과 가깝게 지냈으며 특히 사실주의의 거두 플로베르와의 우정은 유명하다. 그가 어렸을 때부터 외국어를 배웠고 프랑스에서 주로 생활했기에 그는 가장 먼저 외국에 알려지고 가장 많이 읽힌 작가로 손꼽힌다. 또한 러시아 3대 작가를 꼽으라면 도스토옙스키, 톨스토이와 함께 당연히 그의 이름이 들어간다.

『사냥꾼의 수기』를 읽었으니 그가 자신의 농노들을 어떻게 했는지 독자들은 궁금하기도 할 것이다. 그는 어머니가 1850년 세상을 떠나자 영지의 농노들을 해방한다. 그리고 1852년에는 농노제를 비판하는 글을 발표한다. 그 바람에 모스크바에서 체포되어 한 달 동안 감옥살이를 한 후, 고향 스파스코예로 1년간 유배되기도 한다.

『아샤』『첫사랑』『루딘』『아버지와 아들』 등의 중·장편소설과 함께 수많은 시를 남겨, 러시아뿐 아니라 세계문학계의 거

봉으로 우뚝 선 투르게네프는 1883년 9월 파리 센강 부근 휴양지에서 척추암으로 세상을 떠났다. 그의 유해는 10월 초 러시아로 옮겨져 그의 유언에 따라 상트페테르부르크의 볼코프 묘지에 안장되었다.

## 『사냥꾼의 수기』 바칼로레아

**1**  제정러시아 시대는 국민의 60퍼센트가 농노였던 비정상적인 사회였다. 어떻게 그런 사회가 존재하는 것이 가능했을까? 폭압적인 전제정치하에서 가능했을까? 혹은 러시아가 폐쇄 국가였기에 가능했을까?

만일 오늘날에도 그런 사회가 존재한다면 그 사회를 개혁해서 정상화하는 방법은 어떤 것이 있을까? 스스로 힘으로 개혁할 때까지 기다려야 할까, 아니면 개혁을 할 수밖에 없도록 국제적 여건을 만들어야 할까?

**2**  투르게네프의 『사냥꾼의 수기』는 사회적 모순의 희생자들인 농노들의 애환을 그리고 있는 소설이다. 그러나 이 소

설의 전체적 분위기는 더할 나위 없이 서정적이다. 농노제도가 시급히 해결해야 할 국가적 문제였다면 이런 서정적인 작품은 혹시 농노제도를 옹호하거나 방기하는 잘못을 범하고 있는 것이 아닐까? 아니면 이런 서정적 작품도 문제 해결에 도움이 되는 측면이 있을까?

이 작품을 읽으며, 문학작품이 한 사회에 미칠 수 있는 영향에 대해 논의해보자.

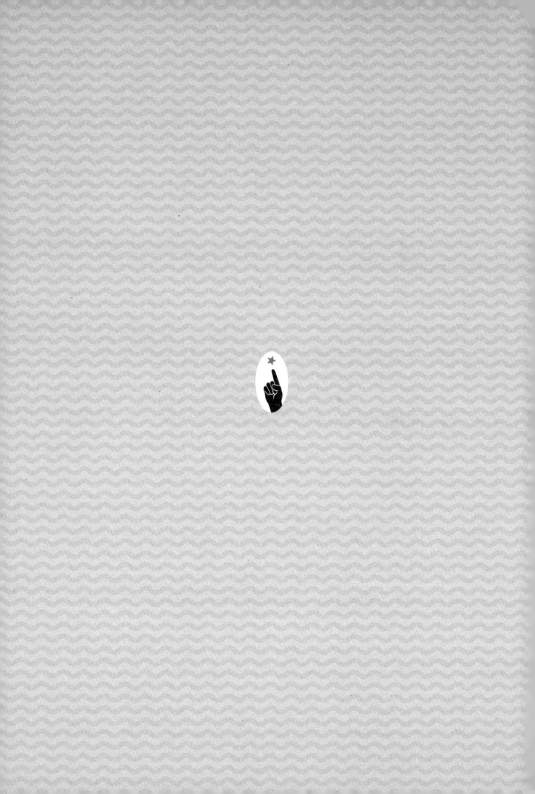

# 사냥꾼의 수기

생각하는 힘: 진형준 교수의 세계문학컬렉션 39

| | |
|---|---|
| 펴낸날 | **초판 1쇄 2019년 8월 16일** |

| | |
|---|---|
| 지은이 | **이반 세르게예비치 투르게네프** |
| 옮긴이 | **진형준** |
| 펴낸이 | **심만수** |
| 펴낸곳 | **(주)살림출판사** |
| 출판등록 | **1989년 11월 1일 제9-210호** |

| | |
|---|---|
| 주소 | **경기도 파주시 광인사길 30** |
| 전화 | **031-955-1350  팩스  031-624-1356** |
| 홈페이지 | **http://www.sallimbooks.com** |
| 이메일 | **book@sallimbooks.com** |

| | |
|---|---|
| ISBN | **978-89-522-3982-2  04800** |
| | **978-89-522-3986-0  04800 (세트)** |

※ 값은 뒤표지에 있습니다.
※ 잘못 만들어진 책은 구입하신 서점에서 바꾸어 드립니다.

이 도서의 국립중앙도서관 출판시도서목록(CIP)은 서지정보유통지원시스템 홈페이지
(http://seoji.nl.go.kr)와 국가자료공동목록시스템(http://www.nl.go.kr/kolisnet)에서
이용하실 수 있습니다.(CIP제어번호: CIP2019026011)

| | | | |
|---|---|---|---|
| 책임편집 | **정명순** | 교정교열 | **조경현** |